KB080410

도련님

세계교양전집 13

도련님

나쓰메 소세키 지음
임지인 옮김

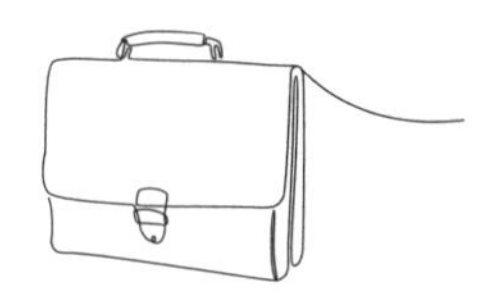

올리버

나쓰메 소세키夏目漱石

• 차례 •

도련님

1

타고나기를 불도저 같은 성격으로 태어나는 바람에 어려서부터 손해만 봤다. 초등학교 시절에는 학교 2층에서 뛰어내렸다가 허리를 삐어 일주일쯤 누워 지낸 적이 있다. 왜 그렇게 막무가내로 행동했느냐고 묻는 사람이 있을지도 모르겠다. 달리 깊은 이유가 있었던 건 아니다. 신축 교실 2층에서 고개를 내밀고 있는데 한 동급생이 반농담조로 "네가 아무리 뻐겨댄들 거기서 뛰어내리진 못하겠지? 에라, 겁보 같은 놈" 하고 놀려댔기 때문이다. 학교 심부름꾼 등에 업혀 돌아오자 "고작 이 층에서 뛰어내려 허리를 삐는 놈이 어디 있느냐" 하며 아버지가 지릅뜬 눈으로 나를 쳐다보기에, 다음에는 허리를 삐지 않게끔 뛰어내리겠다고 대답했다.

하루는 친척에게 선물받은 외제 칼, 그 멋진 칼날을 햇빛에 비추며 친구들에게 보여주고 있었다. 그런데 한 놈이 "번쩍거리기만 하지, 잘 안 들 것 같다"라고 말했다. "그럴 리가 있나, 뭐든 잘라주겠다" 하고 맞받아쳤다. "그럼 네 손가락을 잘라봐"라고 주문하기에 "뭐야, 손가락쯤이야. 두고 보시라" 하고는 오른쪽 엄지 등을 비스듬하게 숭덩 그었다. 다행히 칼이 작고 엄지 뼈가 단단했던 덕에 엄지는 아직 손에 붙어 있다. 그러나 흉터만큼은 죽을 때까지 없어지지 않으리라.

우리 집 마당에서 동쪽으로 스무 걸음쯤 걸어가면 남쪽으로 비스듬히 일구어진 소탈한 푸성귀 텃밭이 있고, 그 한가운데에 밤나무가 한 그루 우뚝 서 있다. 이 밤나무는 내 목숨보다 소중하다. 밤송이가 저 혼자 아람이 벌어지고 떨어져 내릴 무렵이면 나는 아침에 일어나자마자 뒷문으로 나와 밤을 주워다가 학교에서 먹는다. 텃밭 서쪽은 야마시로라는 전당포 마당으로 이어지는데 이 전당포에 간타로라는 열서너 살짜리 아들 녀석이 있었다. 간타로는 물론 겁보다. 겁보 주제에 격자 모양 대울타리를 넘어 밤을 훔치러 온다.

어느 날 저녁, 뒷문 뒤에 숨어 있다가 드디어 간타로를 붙잡았다. 간타로는 빠져나갈 구멍이 없다는 걸 깨닫고는 죽자고 덤벼들었다. 녀석은 나보다 두 살쯤 많다. 겁보지만 힘은 세다. 둥글넓적한 머리통을 내 가슴팍에 들이대고 죽죽 밀어붙이는 사이 어쩌다 간타로 머리가 내 기모노 소매 속으로 쑥 들어왔다.

소매가 무거워지는 바람에 손쓸 수가 없어 팔을 막 휘둘렀더니 소매 속에 있는 간타로 머리도 흔들흔들 좌우로 휘어졌다. 괴로웠던지 소매 속에서 내 팔뚝을 물고 늘어졌다. 당연히 아팠기 때문에 간타로를 대울타리 쪽으로 밀쳐내고는 다리를 걸어 대울타리 너머로 훌렁 넘겨버렸다. 야마시로 전당포 지면은 텃밭보다 2미터가량 낮다. 간타로는 대울타리를 반쯤 와지끈 무너트리면서 자기 집 울안으로 거꾸로 처박혀 윽, 하는 외마디 신음을 내뱉었다. 간타로가 떨어질 때 내 소맷자락 한쪽도 뜯겨 나가 한순간에 팔이 자유로워졌다. 그날 밤 어머니가 야마시로 전당포에 사죄하러 갔다가 한쪽 소매도 되찾아왔다.

이것 말고도 장난친 일을 열거하자면 한이 없다. 목수 집 아들 가네코와 생선 가게 아들 가쿠를 데리고 모사쿠 집의 당근밭을 못 쓰게 만든 적도 있다. 당근 싹이 다 돋기 전이라 온 밭에는 짚이 깔려 있었다. 그 위에서 반나절 동안 셋이서 스모를 하는 바람에 당근이 몽땅 뭉개지고 말았다. 후루카와네 논에 물을 대는 물구멍을 막았다가 책임을 지게 된 적도 있다. 굵은 죽순대 속을 뚫어 땅속 깊이 찔러 넣으면 그 죽순대를 타고 물이 흘러나와 그 근방 논에 물을 대는 장치가 있었다. 그때는 어떤 용도인 줄 몰랐던 터라 돌이랑 나뭇가지를 대나무 구멍 안으로 꾹꾹 밀어 넣었다. 더는 물이 나오지 않는 걸 확인한 후 집으로 돌아가 밥을 먹는데 후루카와가 원숭이 볼기짝처럼 시뻘건 얼굴로 큰 소리를 내지르며 찾아왔다. 아마 벌금을 내고 마무리됐던 것 같다.

아버지는 나를 조금도 예뻐하지 않았다. 어머니는 형만 편애했다. 형은 이상하리만치 얼굴이 하얘서 특히 가부키 여자 역할 흉내 내기를 좋아했다. 아버지는 나를 볼 때마다 "어차피 이놈은 사람 노릇 하긴 글렀다" 하며 구시렁거렸다. 그러면 어머니는 난폭하기가 이루 말할 수 없어 앞날이 걱정이라고 맞장구쳤다. 그래, 말마따나 난 천하의 막돼먹은 놈이다. 보다시피 이 모양이 꼴이다. 앞날이 걱정된다는 것도 무리는 아니다. 그저 감옥살이나 면하면서 살고 있을 뿐이다.

어머니가 병으로 돌아가시기 이삼일 전, 부엌에서 공중제비를 넘다가 부뚜막 모서리에 갈비뼈를 부딪치는 바람에 눈물을 쏙 뺀 적이 있다. 어머니는 노발대발하며 "너 같은 놈은 꼴도 보기 싫다"라고 말해서 그 길로 친척 집에 갔다. 친척 집에 있는데 어머니가 세상을 떠났다는 연락이 왔다. 그리 일찍 돌아가실 줄은 몰랐다. 죽을 만큼 큰 병인 줄 알았더라면 좀 더 착하게 굴걸, 하고 후회하며 집으로 돌아왔다. 그러자 형이 나더러 불효자식이라느니, 나 때문에 어머니가 일찍 돌아가셨다느니 빽빽 소리를 질렀다. 분한 마음에 형 뺨을 한 대 올려붙였다가 된통 꾸중을 들었다.

어머니가 돌아가시고는 아버지와 형과 나, 이렇게 셋이 살았다. 아버지는 딱히 아무 일도 안 하면서 내 얼굴만 보면 "네놈은 글렀다, 글렀다" 입버릇처럼 말했다. 뭐가 글렀다는 건지는 지금도 모르겠다. 하여간 오묘한 아버지였다. 형은 사업가가 될 거라며 툭하면 영어 공부만 했다. 타고나기를 계집애 같은 성격에다 교활했기 때문에 사이가 좋지 않았다. 열흘에 한 번꼴로 싸웠다. 어느 날은 장기를 두는데 비겁하게 내 왕이 어디로도 못 도망치게 몰아놓은 뒤 쩔쩔매는 나를 향해 꼴 좋다는 듯 빈정거렸다. 순간 울분이 치밀어 손에 쥐고 있던 장기 말을 형 미간에 내던졌다. 미간이 찢어져 살짝 피가 났다. 형이 아버지에게 일러바쳤다. 아버지는 나와 연을 끊겠다고 윽박질렀다.

그때는 더 이상 어쩔 수 없다 체념하고 아버지가 말한 대로 의절할 각오를 하고 있는데 십 년 동안 집안일을 도맡아온 기요라는 하녀가 아버지에게 울며불며 싹싹 빌어서 펄펄 뛰던 아버지의 화가 가까스로 풀렸다. 그래도 나는 아버지가 전혀 무섭지 않았다. 오히려 기요라는 하녀가 안쓰러웠다. 이 하녀는 원래 유서 있는 집안의 딸이었다는데 도쿠가와 막부가 붕괴할 때 집안도 몰락하는 바람에 끝내 더부살이까지 하게 되었다고 들었다. 그러니까 기요는 할머니다. 이 할멈은 무슨 영문인지 나를 끔찍이 아꼈다. 불가사의한 일이다. 어머니조차 돌아가시기 사흘 전에 나한테 정나미가 싹 달아났고 아버지도 늘 골치 아파했으며 동네 사람들도 난폭한 후레자식이라며 손가락질하는 그런 나를 더없이 아껴주었다. 나는 아무래도 남들이 좋아할 만한 사람이 될 성싶지 않다고 자포자기하고 있었기 때문에 다른 사람들이 눈엣가시로 여겨도 아무렇지 않았다. 오히려 숱한 사람들과 달리 기요처럼 오냐오냐하면서 역성을 들어주는 걸 수상쩍게 여겼다. 기요는 때때로 부엌에서 아무도 없을 때 "도련님은 대쪽 같고 어진 성품이세요" 하고 칭찬해주곤 했다. 하지만 나는 기요가 하는 말을 이해할 수 없었다. 내가 정말 어진 성품이라면 기요 외에 다른 사람들도 조금은 더 살갑게 대할 거라고 생각했다. 기요가 이런 말을 할 때마다 나는 "입발림 소리는 싫다"라고 대답하기 일쑤였다. 그러면 할멈은 "그러니까 훌륭한 성품이라는 거예요" 하고는 만족스럽다는 듯이 내 얼굴을 바라보곤 했다. 꼭 자기 힘으로 나를 만들어낸 것처럼 자랑스러워하는 듯 보였다. 어쩐지 불쾌했다.

어머니가 돌아가신 후부터 기요는 더욱더 거리낌 없이 나를 귀여워했다. 때로는 어린 마음에 왜 이토록 나를 아끼는지 의심스러울 정도였다. 성가시니 그만뒀으면 좋겠다고도 생각했다. 안쓰럽다고도 생각했다. 그래도 기요는 나를 예뻐했다. 어떨 때는 자기 쌈짓돈으로 긴쓰바(얇게 구운 밀가루 반죽 위에 팥소를 넣고 납작하게 구운 일본 전통 과자-역주)이며 매화 모양 전병이며 온갖 과자를 사주었다. 추운 밤이면 몰래 메밀가루를 사두었다가 누가 볼세라 잠든 내 머리맡에 메밀죽을 살짝 두고 가기도 했다. 어떨 때는 우동 전골까지 사주었다. 음식뿐만 아니라 양말도 받았다. 연필도 받았고 공책도 받았다. 이건 한참 시간이 흐른 후의 일이지만 돈을 3엔(지금으로 치면 1만 엔, 우리 돈 9만 원쯤 된다-역주)가량 빌려준 적도 있다. 아니, 빌려달라고 한 건 아니다. 기요가 내 방에 돈을 들고 와서는 "용돈이 없어서 힘들죠? 편히 쓰세요" 하며 건네주었다. 물론 필요 없다고 했건만 꼭 쓰라고 권하는 통에 일단 빌리는 걸로 해두었다. 실은 무척 기뻤다. 그 3엔을 동전 지갑에 고이 넣어 품속에 숨겨두고는 바로 변소에 갔다가 훌러덩 똥통 안에 지갑째 떨어뜨리고 말았다. 어쩔 수 없이 털레털레 나와서 실은 이러쿵저러쿵 됐다고 기요에게 이야기하자 기요는 바로 기다란 대막대기를 구해 와서 건져주겠노라고 했다. 얼마간 시간이 흐른 후에 우물가에서 철썩철썩 물소리가 나길래 나가 봤더니 대막대기 끄트머리에 동전 지갑 끈을 건 채 물로 씻어내고 있었다. 똑딱 하고 지갑을 열어 1엔짜리 지폐를 살펴보니 누렇게 변한 데다 무늬조차 흐릿했다. 기요는 화롯불에 지폐를 말리고는 "이제 됐지요?" 하며 내밀었다. 살짝 냄새를 맡아보고는 쿰쿰하다 했더니 "그럼 다시 주세요, 바꿔드리지요" 하더니 어디서 어떻게 속였는지 지폐 대신 은화로 3엔을 가져왔다. 그 3엔을 어떻게 썼는지는 잊어버렸다. 곧 갚을 거라고 말만 하고 갚지는 않았다. 이제는 열 배로 갚아주고 싶어도 갚을 수가 없다.

기요는 으레 아버지와 형이 없을 때만 나에게 무언가를 주었다. 나는 남 뒤에 숨어 나만 득 보는 것만큼 싫은 게 없다. 물론 형하고 사이가 좋은 것도 아니었지만 형 몰래 기요에게 과자나 색연필을 받고 싶지는 않았다. 왜 나한테는 주고 형한테는 주지 않느냐고 기요에게 물은 적이 있다. 그러자 기요는 "형님은 아버님이 사주시니 괜찮아요" 하고 대수롭지 않게 대답했다. 이건 불공평하다. 아버지는 타고난 독불장군이지만 그렇다고 한쪽만 편애할 사람은 아니다. 하지만 기요 눈에는 그리 비쳤나 보다. 사랑에 푹 빠졌던 게 틀림없다. 태어날 때는 명문가의 자제였을지 몰라도 교육받지 못한 채 할머니가 되어버렸으니 하는 수 없다. 이뿐만이 아니다. 팔이 안으로 굽는 것만큼 무서운 것도 없다. 기요는 내가 장차 출세해 위대한 사람이 될 것임을 굳게 믿어 의심치 않았다. 영어만 공부하는 형은 허여멀겋기만 할 뿐 별 결실이 없을 거라고 일방적으로 단정했다. 이런 별종 할멈을 누가 당해낼 수 있겠는가. 자기가 좋아하는 사람은 틀림없이 훌륭한 인물이 되고, 싫어하는 사람은 반드시 고꾸라질 거라 믿었다. 나는 그때도 특별히 뭐가 되겠다는 생각은 하지 않았다. 그런데 기요가 될 거다, 될 거다, 하니까 아무래도 뭔가가 되겠거니 하고 생각했다. 지금 돌이켜보면 참 한심하다. 한번은 기요에게 "나는 나중에 뭐가 될까?" 하고 물어본 적이 있다. 그런데 기요도 달리 구체적인 생각은 없었던 모양이다. 그저 틀림없이 도련님 전용 인력거를 타고 으리으리한 현관이 달린 집을 장만하게 될 거라는 말만 했다.

기요는 내가 집을 마련해서 독립하면 나를 따라올 작정이었다. "부디 데려가 주세요" 하고 입에 침이 마르도록 부탁했다. 나도 왠지 집을 마련할 수 있을 것만 같은 느낌이 들어서 "응, 데려가 줄게" 하고 대답만큼은 시원하게 해두었다. 그런데 이 할멈은 정말이지 상상력이 풍부한 여자인지라, "도련님은 어디가 좋으세요? 고지마치인가요, 아자부인가요(두 곳 모두 고급 주택이 모여 있는 지역이다-역주)? 마당에는 그네를 설치하는 게 좋겠어요. 서양식 방은 하나면 족할 것 같고요" 하며 혼자서 제멋대로 계획을 세우곤 했다. 그때는 집 따위는 손톱만치도 갖고 싶지 않았다. 서양식이건 일본식이건 집은 전혀 필요 없었기 때문에 그런 건 갖고 싶지 않다고 한결같이 대답했다. 그러면 도련님은 욕심이 없어서 마음이 깨끗하다며 또 칭찬했다. 기요는 내가 하는 말마다 칭찬했다.

어머니가 돌아가시고 오륙 년은 이런 상태로 지냈다. 아버지에게는 혼이 나고 형이랑은 다투고 기요에게 과자를 받기도 하고 칭찬을 듣기도 했다. 별다른 욕심도 없었다. 이만하면 충분했다. 다른 아이들도 별반 다르지 않을 거라고 생각했다. 다만 기요가 툭하면 도련님은 가엾다, 불행한 사람이다, 말버릇처럼 말하는 통에 '그럼, 가엾고 불행한 거겠지' 하고 생각했다. 그 외에 난처한 일은 조금도 없었다. 다만 아버지가 용돈을 안 주는 것만큼은 정말이지 지긋지긋했다.

어머니가 돌아가신 지 육 년째 되던 해 정월에 아버지도 뇌졸중으로 돌아가셨다. 그해 사월에 나는 한 사립 중학교를 졸업했다. 유월에 형은 상업학교를 졸업했다. 형은 한 회사의 규슈 지점에 자리가 나서 가야 한다고 했다. 나는 아직 도쿄에서 학교를 다녀야 한다. 형은 집을 팔고 재산을 정리해 부임지로 떠나겠다는 말을 꺼냈다. 나는 멋대로 하라고 대답했다. 어차피 형의 애물단지가 될 생각은 없다. 보살핌을 받는다 한들 분명 싸울 테니 형이 그때마다 끄집어낼 게 뻔했다. 어중간하게 신세를 지면 저딴 형한테 머리를 숙여야만 한다. 우유 배달을 해도 충분히 먹고살 수 있다고 각오를 다졌다. 그 후 형은 골동품상을 불러와서는 선조 대대로 내려오는 잡동사니를 헐값에 마구 팔아 치웠다. 집과 대지는 어떤 이의 알선으로 한 부호에게 넘어갔다. 이건 제법 돈이 되었을 터인데 자세한 내막은 전혀 모른다. 나는 앞으로의 일이 결정될 때까지 일단 간다의 오가와마치에서 하숙하기로 하고 한 달 전부터 이곳에 있었다. 기요는 십 년 넘게 살던 집이 다른 사람한테 넘어가는 것을 퍽 안타까워했지만 자기 것이 아니니 어쩔 수 없었다. "도련님이 조금만 더 나이를 먹었더라면 이 집을 상속받았을 텐데요" 하고 질리지도 않는지 끈덕지게 한탄했다. 조금만 더 나이를 먹었다고 상속받을 거라면 지금 나이더라도 상속받았을 테다. 할멈은 아무것도 모르다 보니 나이만 더 먹었더라면 형의 집을 받았을 거라고 믿었다.

형과 나는 그렇게 헤어졌지만 난처한 건 기요의 향방이었다. 형은 물론 데려갈 처지가 아닐뿐더러 기요도 형한테 찰싹 달라붙어서 저 멀리 규슈까지 내려갈 마음은 털끝만치도 없었다. 나 역시 그때는 다다미 넉 장 반(한 장이 약 0.5평으로, 넉 장 반은 2.5평쯤 된다-역주)짜리 허름한 하숙방에 틀어박혀 있었고 그마저도 여차하면 즉시 짐을 빼야 하는 처지였다. 어쩔 수 없었다. 기요에게 어디 다른 집에서 더부살이할 마음이 있냐고 물었더니 "도련님이 집을 마련하고 장가를 들 때까지는 어쩔 수 없으니 조카에게 신세를 져야겠어요" 하고 어렵사리 용단을 내린 듯 대답했다. 이 조카는 재판소에서 일하는 서기로, 먹고사는 데는 큰 지장이 없었기 때문에 전부터 기요에게 오고 싶으면 오라고 두세 번 권했었다. 하지만 기요는 설령 더부살이일지언정 그간 살아온 정든 우리 집이 더 좋다며 거절했다. 하지만 상황이 이렇다 보니 고용주를 바꿔 다시 처음부터 눈치 보며 일하기보다는 조카 신세를 지는 편이 낫겠다고 생각했나 보다. 그러면서도 하루빨리 집을 장만하라는 둥 장가를 들라는 둥 그날이 오면 다시 모시겠다는 둥 말하곤 했다. 친척인 조카보다도 생판 남인 내가 더 좋은가 보다.

규슈로 떠나기 이틀 전에 형이 하숙집으로 찾아와 돈 600엔을 내밀며 "이걸 밑천 삼아 장사하든 학비를 대 공부하든 뭘 하든 네 마음대로 해라. 그 대신 이걸로 끝이다"라며 으름장을 놓았다. 형이 한 방식치고는 감탄이 나올 정도였다. 뭐 600엔이야 안 받아도 그만이라고 생각했지만, 여느 때와 다른 담백한 일 처리가 마음에 들어서 감사 인사를 건네고 받아두었다. 형이 이어서 50엔을 꺼내고는 기요에게 전해주라기에 군말 없이 맡아두기로 했다. 이틀 후 신바시 정거장에서 형과 헤어진 뒤로 우리는 두 번 다시 만나지 않았다.

나는 600엔을 어떻게 쓸지 벌렁 드러누운 채 생각했다. 장사를 한다 쳐도 여러모로 귀찮아서 잘될 성싶지 않았고, 설령 한다 쳐도 이깟 600엔으로 장사다운 장사를 할 수 있을 것 같지 않았다. 그래, 백번 양보해서 할 수 있다 하더라도 지금 내 수준으로는 세상에 나가 교육을 받았다고 뽐낼 것도 없으니 결국 손해만 볼 게 자명하다. 자본 따위 아무래도 좋으니 이걸 학비로 써서 공부를 해보자. 600엔을 3으로 나누어 한 해에 200엔씩 쓰면 삼 년은 공부할 수 있다. 삼 년 동안 열심히 하면 뭐라도 할 수 있을 테다. 그다음에는 어느 학교에 들어갈지 고민했는데 학문에는 애초에 취미가 없었다. 더구나 어학이나 문학 같은 건 딱 질색이다. 신체시(메이지 시대에 서양시의 영향을 받은 새로운 형태의 자유시-역주) 같은 건 스무 행 가운데 한 행도 모르겠다. 어차피 싫은 거라면 뭘 해도 똑같겠구나 싶었다. 다행히 물리학교(1881년에 도쿄에 설립된 사립학교-역주) 앞을 지나는데 학생 모집

공고가 붙어 있길래 이것도 인연이겠다 싶어 지원서를 받고 그 길로 입학 접수를 했다. 지금 돌이켜보면 이것도 타고나기를 불도저 같은 성격으로 태어나는 바람에 일어난 불찰이다.

삼 년 동안 그럭저럭 남들만큼은 공부했지만 그렇다고 뛰어나지도 않아서 등수는 항상 뒤에서 세는 게 편했다. 그래도 삼 년이 지나니 신기하게도 졸업을 했다. 내가 생각해도 이상하다 싶었지만 불평할 일도 아니기에 얌전히 졸업했다.

졸업한 지 여드레째 되던 날, 교장이 찾는다는 말에 무슨 일이 있겠거니 싶어 나섰는데 시코쿠 근방에 있는 중학교에서 수학 교사를 구한다, 월급은 40엔인데 가보는 게 어떻겠냐는 이야기였다. 나는 삼 년간 학문을 익히긴 했지만 사실 교사가 될 마음도, 시골에 갈 생각도, 아무것도 없었다. 그렇다고 교사 외에 무얼 할 예정도 없던 터라 이야기를 들은 그 자리에서 가겠노라고 즉각 대답했다. 이 또한 타고나기를 불도저 같은 성격으로 태어나는 바람에 입은 변고이다.

승낙한 이상 부임해야 한다. 지난 삼 년 동안은 넉 장 반짜리 쪽방에 칩거하며 단 한 번도 잔소리를 들은 적이 없다. 싸움도 하지 않았다. 나의 일생 중 비교적 평화로운 시절이었다. 하지만 이렇게 되면 하숙방도 비워야 한다. 태어나서 도쿄 외에 다른 곳에 발을 내디딘 것은 친구들과 가마쿠라로 소풍을 갔을 때뿐이었다. 이번에는 가마쿠라 정도가 아니다. 정신이 아득해질 만큼

먼 곳이다. 지도를 펼쳐보니 바닷가 마을에다 바늘 끝만큼 작은 곳이다. 어차피 별 볼 일 없는 곳이겠지. 어떤 마을인지, 어떤 주민이 살고 있는지 모른다. 몰라도 상관없다. 걱정은 되지 않았다. 그저 갈 뿐이다. 다만 조금 귀찮았다.

집(아버지와 살던 집을 말한다-역주)을 처분한 후에도 기요가 있는 곳에 이따금 찾아갔었다. 기요의 조카는 생각보다 마음씨가 좋은 사람이었다. 내가 찾아갔을 때 그 조카가 집에 있으면 매번 이것저것 대접해주곤 했다. 기요는 내가 있는 자리에서 조카에게 내 자랑을 미주알고주알 늘어놓았다. 곧 학교만 졸업하면 고지마치 쪽에 저택을 사서 관청에 다닐 거라는 둥 있지도 않은 말을 날조한 적도 있다. 혼자 정하고 혼자 유언비어를 퍼뜨리는 통에 나는 난처해서 얼굴을 붉혔다. 게다가 한두 번이 아니다. 가끔 내가 어릴 때 자다가 오줌을 싼 이야기까지 했을 때는 할 말을 잃었다. 기요가 자랑삼아 떠벌리는 이야기를 과연 무슨 생각을 하며 들었을지는 알 수 없다. 그저 기요는 옛날 사람이라 자신과 나의 관계를 봉건 시대의 주종처럼 여겼다. 자기가 나를 주인으로 모셨으니, 조카도 온당히 나를 주인으로 모셔야 한다고 수긍한 눈치였다. 조카야말로 창피하기 그지없을 테다.

마침내 약속한 날짜가 다가와 떠나기 사흘 전에 기요를 찾아갔더니 감기에 걸려 다다미 석 장짜리 북향 방에 누워 있었다. 기요는 내가 온 것을 보자마자 일어나더니 "도련님 언제 집을 장만하시렵니까?" 하고 대뜸 물었다. 졸업만 하면 호주머니에서 돈이 절로 솟아나는 줄 안다. 그토록 훌륭한 인물을 붙잡고 여태 도련님이라고 부르다니 참으로 우스운 꼴이다. 나는 당분간 집은 마련하지 않을 거고 시골로 간다고 간단하게 말했더니 단숨에 풀이 죽어서는 희끗희끗 센 흐트러진 머리칼만 하염없이 매만졌다. 그 모습이 너무 안쓰러워서 "가긴 하지만 곧 돌아올 거야. 내년 여름방학 때는 꼭 돌아올게" 하고 위로해주었다. 그래도 여전히 시든 푸성귀 같은 얼굴을 하고 있기에 "무슨 선물을 사다 줄까? 갖고 싶은 거 있어?" 하고 묻자 "에치고의 조릿대 엿(에치고란 지금의 니가타현으로, 이 지역의 명물인 조릿대 잎으로 싼 황금색 투명한 엿을 말한다-역주)이 먹고 싶어요"라고 말했다. 에치고의 조릿대 엿이라니, 들어본 적도 없다. 애초에 방향부터 다르다. "내가 가는 시골에는 조릿대 엿은 없을 것 같아" 하고 타일렀더니, "그렇다면 방향이 어느 쪽인가요?" 하고 되물었다. "서쪽이야"라고 말하자 "하코네 지나선가요, 아니면 가기 전인가요?" 하고 묻는다. 한동안 퍽 애를 먹었다.

출발하는 날, 기요는 이른 아침부터 찾아와서 이것저것 도와주었다. 오는 길에 잡화점에서 사 온 칫솔, 이쑤시개, 수건 등을 마포로 만든 가방에 넣어주었다. 그런 것은 필요 없다고 해도 듣지를 않았다. 인력거 두 대를 타고 나란히 정거장에 도착한 후 플랫폼으로 나갔다. 기요는 기차에 올라탄 내 얼굴을 말갛게 바라보더니 맥없는 소리로 “이게 마지막일 수도 있겠네요. 항상 몸 조심하세요” 하고 읊조렸다. 눈에 눈물이 가득 고였다. 나는 울지 않았다. 하지만 하마터면 울 뻔했다. 기차가 한참 움직인 후 이제는 가고 없겠지 싶어 창밖으로 고개를 내밀어 돌아보니 아직 그대로 서 있었다. 기요가 개미만큼 작아 보였다.

2

부아앙, 하는 소리를 내뱉으며 증기선이 멈추자 거룻배가 물기슭을 떠나 노를 저으며 다가왔다. 뱃사공은 발가벗은 몸에 빨간 훈도시(일본 전통 남성용 속옷-역주)만 동여매고 있었다. 야만스러운 곳이다. 하긴 이 더위 속에 기모노는 입지 못하리라. 햇빛이 강렬하게 쏟아져 바다가 눈부시게 빛났다. 바라만 봐도 현기증이 났다. 선원에게 물어보니 나는 여기서 내려야 하는 모양이었다. 보기에는 오모리만 한 어촌이다. 사람을 어떻게 봤길래 이딴 곳에서 참고 살라는 건지. 뭐 지금 와서는 어쩔 수 없다. 기세 좋게 제일 먼저 거룻배로 뛰어들었다. 이어서 대여섯 명은 탔다. 그밖에 커다란 상자 네 개를 싣고, 빨간 훈도시는 물기슭을 향해 다시 노를 휘휘 저었다. 육지에 닿았을 때도 제일 먼저 뛰어내렸는데 물가에 서 있던 코흘리개 꼬마를 붙들고 중학교는 어디냐고 대뜸 물었다. 꼬마는 입을 헤벌리고는 "모르겠는데예" 하고 대답했다. 무지렁이 촌놈이다. 손바닥만 한 마을에 살면서 중학교가 어디 있는지도 모르는 놈이 있다니. 그때 희한한 통소매 옷을 입은 남자가 다가와 이리로 오라고 해서 따라갔더니 미나토라는 여관으로 데리고 갔다. 정이 안 가게 생긴 여자들이 "어서 오세요!" 하고 한목소리로 말하자 들어가기 싫어졌다. 문간에 선 채 중학교가 어디 있는지 알려달라고 했더니 중학교는 여기서 기차를 타고 8킬로미터쯤 더 가야 한다고 답하기에 더욱더 들어가기 싫어졌다. 나는 통소매 옷을 입은 남자가 들고 있던 내 가방 두 개를 낚아채고는 저벅저벅 걷기 시작했다. 여관 사람들이 나를 이상한 얼굴로 바라봤다.

정거장은 금방 찾았다. 차표도 어려움 없이 샀다. 훌쩍 올라타니 성냥갑 같은 기차였다. 이리 데굴 저리 데굴 흔들리며 오 분가량 움직였나 싶은데 벌써 내려야 했다. 어쩐지 차표가 싸더라니. 고작 3전이었다. 거기서부터는 인력거를 타고 중학교에 겨우 당도했는데 이미 수업이 다 끝난 터라 아무도 없었다. 당직 교사는 볼일이 있다고 잠깐 나갔다며 학교 심부름꾼이 알려주었다. 참으로 태평한 당직 교사가 다 있다. 교장실이라도 가볼까 했지만 피곤했기에 인력거를 타고는 인력거꾼에게 여관으로 가자고 말했다. 인력거꾼은 기세 좋게 야마시로라는 곳에 내려주었다. 야마시로라니, 전당포를 하는 간타로네 가게 이름이랑 똑

같아 다소나마 흥미를 느꼈다.

어째서인지 2층 계단 밑에 있는 어스름한 방으로 나를 안내했다. 더워서 제대로 쉴 수도 없을 것 같다. 이런 방은 싫다고 하자 마침 이 방 말고는 빈방이 없다며 내 가방을 내팽개치고는 그대로 나가버렸다. 하는 수 없이 방 안에 들어가 비지땀을 흘리며 참았다. 잠시 후 목욕하라기에 탕 안으로 텀벙 뛰어들었다가 금방 나왔다. 방으로 돌아가는 길에 살펴보니 시원해 보이는 방이 많이도 비어 있었다. 무례한 놈들이다. 거짓말이나 해대다니. 그 후 종업원이 밥상을 들여왔다. 방은 더웠지만 밥은 하숙집보다 훨씬 맛있었다. 종업원이 식사 시중을 들면서 어디서 왔냐고 묻기에 도쿄에서 왔다고 대답했다. 그러자 "도쿄는 좋은 곳이겠지요?" 하고 물어서 당연하다고 대답해주었다. 상을 물린 종업원이 부엌으로 갔을 때 별안간 큰 웃음소리가 내 귓전을 때렸다. 시답잖아서 곧바로 누웠는데 좀처럼 잠들지 못했다. 더워서 그런 것만은 아니다. 시끌벅적하다. 하숙집보다 다섯 배는 요란했다. 그러다 꾸벅꾸벅 잠이 들었는데 기요 꿈을 꿨다. 기요가 에치고의 조릿대 엿을 먹고 있었는데 엿을 싼 잎까지 같이 와작와작 먹는 거였다. 몸에 안 좋을 테니 잎은 먹지 말라고 말렸더니 "아니요, 이 잎이 보약인걸요" 하면서 맛있게 먹었다. 하도 어이가 없어 입을 크게 벌려 하하하하, 웃다가 잠에서 깼다. 종업원이 덧문을 열고 있었다. 하늘에도 바닥이 있다면 그 밑을 내다

볼 수 있을 정도로 맑은 날씨다.

여행할 때는 웃돈을 줘야 한다고 들었다. 웃돈을 주지 않으면 박대한다고들 했다. 이다지도 좁고 어슴푸레한 방에 밀어 넣은 것도 웃돈을 주지 않은 탓이리라. 허름한 복장에 마포로 만든 가방과 값싼 박쥐우산을 들었기 때문일 테지. 촌뜨기 주제에 사람을 깔보다니. 여태껏 받아본 적 없는 웃돈을 줘서 놀라 나자빠지게 만들어줘야겠다. 나는 이래 봬도 학비로 쓰고 남은 30엔 정도를 품에 챙겨 도쿄를 떠나온 사람이다. 기차랑 증기선 푯값에 잡비를 제해도 아직 14엔쯤 남아 있다. 전부 줘버려도 앞으로는 월급이 나오니 상관없다. 촌사람은 손이 작으니 5엔만 줘도 놀라서 눈이 휘둥그레질 게 뻔하다. 어디 한번 두고 보라지, 하고 아무렇지 않은 듯 세수를 한 후 방으로 돌아와 기다리고 있자 어젯밤 종업원이 밥상을 들여왔다. 쟁반을 들고 시중을 들면서 공연히 실없는 웃음을 흘린다. 무례한 작자 같으니라고. 내 얼굴에 뭐 재미있는 볼거리라도 있나. 그래도 이 종업원 낯짝보다는 훨씬 잘났다. 밥을 다 먹고 주려 했는데 아니꼬워서 먹는 도중에 5엔짜리 지폐 한 장을 꺼내 나중에 이걸 계산대에 갖다주라고 말했더니 종업원은 이상한 표정을 지었다. 그러고 나서 마저 밥을 먹고 얼른 학교로 나섰다. 구두는 닦여 있지 않았다.

학교는 어제 인력거를 타고 가봐서 대강 위치는 알고 있다. 사거리를 두세 번 돌았더니 금세 교문 앞에 다다랐다. 교문에서 현관까지는 화강암이 깔려 있다. 어제 이 돌 위를 인력거로 덜컹덜컹 지날 때 지나치게 요란한 소리가 나서 꽤 난처했다. 가는 도중에 두꺼운 면직물 교복을 입은 학생들을 수없이 만났는데 모두 이 교문으로 들어갔다. 개중에는 나보다 키도 크고 힘도 세 보이는 학생들도 있었다. 저런 녀석을 가르쳐야 한다고 생각하니 왠지 꺼림칙했다. 명함을 내밀었더니 교장실로 안내했다. 교장은 드문드문 수염이 났고 가무잡잡한 피부에 눈이 커다란 너구리를 닮은 남자였다. 유달리 거드름을 피웠다. "자, 앞으로 열심히 해주세요" 하며 거대한 도장이 찍힌 임명장을 경건하게 건넸다. 이 임명장은 도쿄로 돌아갈 때 꾸깃꾸깃 구겨서 바다에 던져버렸다. 교장은 이제 곧 교직원들을 소개해줄 테니 선생님마다 임명장을 보여주라고 일러주었다. 쓸데없는 수고다. 그런 귀찮은 짓을 하느니 이 임명장을 사흘 동안 교무실에 붙여놓는 게 훨씬 낫다.

교직원들이 교무실에 모이려면 1교시 종이 울려야 한다. 시간이 많이 남았다. 교장은 시계를 꺼내 보더니 "차차 천천히 이야기하겠지만 우선 대강이나마 머릿속에 넣어두세요" 하고 말한 뒤로 그때부터 교육 정신에 대해 장황하게 늘어놓았다. 물론 설렁설렁 들었지만, 중간부터 이거 터무니없는 곳에 왔다는 생각이 들었다. 도저히 교장이 말하는 대로는 할 수 없었다. 불도저 같은 성격인 사람을 데려다가 학생의 모범이 되라는 둥 학교 선생님으로서 존경받아야 한다는 둥 학문 이외에도 덕을 쌓아 학생들에게 그 영향을 끼쳐 변화시켜야 참된 교육자라는 둥 도가 지나친 주문을 했다. 그리 훌륭한 사람이 월급 40엔을 받으려고 먼 길도 마다하지 않고 이런 시골까지 오겠는가. 인간은 대개 그 놈이 그놈이다. 누구나 화가 나면 대판 싸우기도 할 거라고 생각했는데 이런 상황이라면 함부로 말도 못 하고 산책도 할 수 없을 것 같다. 그리 어려운 역할이라면 채용하기 전에 이렇고 저렇다고 미리 말을 했어야지. 나는 거짓말을 하는 게 싫었기 때문에 '어쩔 수 없다. 속아서 온 셈 치고 시원하게 단념하는 수밖에. 이쯤에서 거절하고 돌아가자' 하고 생각했다. 여관에 5엔을 주었으니 지갑 속에는 9엔 남짓밖에 없다. 9엔이면 도쿄까지는 가지 못한다. 웃돈 따위는 주지 말걸. 꺼벙한 짓을 했다. 하지만 9엔이라도 있으면 어떻게든 해볼 수 있을 것이다. 여비는 모자라지만 거짓말을 하는 것보다는 낫다고 생각하고는 "도저히 교장 선생님 말씀대로는 못 하겠습니다. 이 임명장은 도로 돌려드릴게요" 하고 말했더니 교장은 너구리 같은 눈을 껌뻑껌뻑하며 내 얼굴을 쳐다보았다. 이윽고 지금 말한 건 그저 희망 사항일 뿐, 선생님께서 이 희망 사항대로 할 수 없다는 것은 잘 알고 있으니 걱정하지 않아도 된다고 말하면서 생글생글 웃었다. 그렇게 잘 알고 있으면 애초에 협박하지 않아도 될 텐데 말이다.

어쩌고저쩌고하는 사이에 종이 울렸다. 교실 쪽이 별안간 와

글대는 소리로 가득 찼다. 이제 선생님들도 교무실에 모였을 거라고 하기에 교장을 뒤따라 교무실로 들어갔다. 널찍하고 기다란 공간에 책상을 늘어뜨려 놓고 모두 자리에 앉아 있었다. 내가 들어가자 모두 약속이라도 한 것처럼 내 얼굴을 쳐다봤다. 광대가 납신 것도 아닌데. 나는 분부대로 한 사람 한 사람 앞에 가서 임명장을 내밀며 꾸벅 인사했다. 대개는 의자에서 일어나 허리를 굽히기만 했는데 꼼꼼한 사람은 내가 내민 임명장을 받아 들고 한 번 훑어본 뒤 다시 정중하게 돌려줬다. 꼭 삼류 배우들이 펼치는 연극 같았다. 열다섯 번째로 체육 선생 자리에 갔을 때는 같은 행위를 몇 번이고 반복하다 보니 스멀스멀 속이 타기 시작했다. 상대방은 한 번으로 끝난다. 그런데 나는 똑같은 동작을 열다섯 번이나 반복하고 있다. 조금은 입장을 바꿔서 생각해 보라지.

인사한 사람 중에 아무개라는 교감이 있었다. 이 자는 문학사라고 한다. 문학사라 하면 대학 졸업생이니 훌륭한 사람일 것이다. 그런데 여자처럼 상냥한 목소리를 냈다. 하지만 가장 놀란 점은 이 더위에 플란넬 셔츠를 입고 있다는 거였다. 어느 정도 얇아 보이긴 했지만 분명 더울 텐데 말이다. 문학사답게 이런 고생 저런 고생을 사서 하나 보다. 게다가 빨간 셔츠라니, 사람을 바보로 아나. 나중에 들으니 이 남자는 일 년 내내 빨간 셔츠만 입는다고 한다. 별난 병도 다 있다. 본인이 말하기로는 빨간색이 몸에 약이 되니까 위생을 위해 일부러 주문해서 입는다고 하는데 참 걱정도 사서 한다. 그런 논리라면 기모노도 하카마(일본 전통 의상 중 하나로, 하반신에 착용하는 주름 잡힌 바지-역주)도 빨간색으로 맞추면 될 것을. 그리고 영어 교사 중에 고가라는 정말이지 낯빛이 안 좋은 남자가 있었다. 대개 얼굴이 시퍼런 사람은 깡마른 경우가 많은데 이 남자는 파르께하면서 통통하게 부풀어 있었다. 초등학교 시절에 아사이 다미라는 동급생이 있었는데 이 아사이 아버지가 딱 이런 안색이었다. 아사이 아저씨는 농사꾼이어서 "농사꾼이 되면 저런 얼굴이 되느냐?"고 기요에게 물었더니, "그게 아니고 철 지난 끝물 호박만 먹어서 푸르뎅뎅한 거예요" 하고 알려준 적이 있다. 그 뒤로 푸르뎅뎅한 사람만 보면 끝물 호박을 먹은 업보라고 생각하게 되었다. 이 영어 교사도 분명 끝물 열매만 먹어댈 테지. 그나저나 끝물이라는 게 어떤 건지 나는 아직도 모른다. 기요에게 물은 적은 있지만 기요는 웃기만 할 뿐 대답하지 않았다. 아마 기요도 모르는 거겠지. 다음은 나와 같은 수학 교사인 홋타라는 사람이 있었다. 이자는 산골 중놈처럼 늠름해서 에이잔(교토와 시가현 경계에 있는 산으로, 히에이잔 혹은 에이산으로도 불린다-역주)의 악명 높은 승병(헤이안 시대 에이잔의 난폭한 승병을 말한다. 이들은 승려라고는 하지만 실제는 폭력단과 다를 바 없었다-역주)이라 불러도 될 만한 상판대기였다. 사람이 정중히 임명장을 보여주는데도 변변히 거들떠보지도 않은 채 말했다.

"오, 자네가 신규 교사로군. 나중에 한번 놀러 오라고. 아하하하!"

뭐가 아하하하야. 예의도 모르는 놈이 있는 곳에 누가 놀러 갈까 보냐. 나는 이때부터 이 승병에게 산골바람이라는 별명을 붙여주었다. 한문 선생은 과연 고지식한 사람이다. "어제 도착하셔서 피곤하실 텐데 벌써 수업을 시작하시다니 각고정려하십니다" 하고 줄줄 읊는 걸로 보아 사교성 좋은 노인네다. 미술 선생은 완전히 딴따라 분위기였다. 나풀나풀한 비단 하오리(기모노 위에 걸치는 전통 겉옷-역주)를 입고 부채를 탁탁 접었다 폈다 하면서 "고향은 어딥니까? 네? 도쿄? 그것참 반갑습니다, 고향 친구가 생겼군요…… 이래 봬도 저 역시 도쿄 토박이랍니다"라고 했다. 이런 작자가 도쿄 토박이라면 도쿄에서 태어나지 말걸 그랬다고 속으로 생각했다. 이런 식으로 한 사람 한 사람 얼마든지 쓸 수 있다. 하지만 다 쓰자면 끝도 없으니 이쯤 해두겠다.

한바탕 인사가 끝나자 교장이 오늘은 이만 돌아가도 된다, 수업에 관한 이야기는 수학 주임하고 상의한 후에 모레부터 수업을 시작해달라, 하고 말했다. 수학 주임이 누구냐고 물었는데, 바로 산골바람이었다. 분하다. 저런 놈 밑에서 일해야 한다니 아이고 세상에, 하고 낙심했다. 산골바람은 "이봐, 자네 어디 묵고 있나? 야마시로 여관이로군, 음, 그리 갈 테니 나중에 상의함세" 하고는 분필을 들고 교실로 향했다. 주임이 직접 찾아와서 상의하겠다니, 분별력 없는 사내로군. 그래도 나를 불러내는 것보다는 마음에 들었다.

교문을 나서서 즉시 여관으로 돌아가려다가 돌아간들 딱히 할 일도 없어서 잠깐 동네 산책이나 할 요량으로 발길이 닿는 대로 마구 돌아다녔다. 현청도 봤다. 지난 세기의 오래된 건물이었다. 병영도 봤다. 아자부의 연대(제2차 세계대전 전에 도쿄 아자부에 육군 제1사단 제3연대가 주둔해 있었는데 이를 아자부3연대라고도 불렀다-역주)가 훨씬 월등하다. 시내도 둘러봤다. 가구라자카 언덕길(도쿄의 파리로 불린다. 한때 게이샤들이 활약했던 곳으로 유구한 역사를 자랑한다-역주)을 절반 정도로 좁힌 거리 폭에 풍경은 그곳만 못했다. 성 중심으로 성립된 25만 석을 산곡하는 도회지라더니 별 볼 일 없는 곳이었다. 이런 곳에 살면서 도회지에 사는 사람이올시다, 하고 턱 쳐들고 다니는 사람들이 참 불쌍하다고 생각하면서 걷다 보니 어느새 야마시로 여관 앞이었다. 넓어 보여도 좁은 마을이다. 이걸로 대강은 다 둘러본 것 같다. 방에 들어가서 밥이나 먹을 생각으로 문간에 들어섰다. 계산대에 앉아 있던 안주인이 내 얼굴을 보자마자 황황히 달려 나와 "다녀오셨어요" 하면서 마룻바닥에 머리를 조아렸다. 신발을 벗고 들어갔더니 빈방이 났다면서 종업원이 2층으로 안내했다. 다다미 열다섯 장짜리 2층 최고급 방으로, 커다란 도코노마(다다미를 바닥 면보다 한 단 높여서 꽃으로 장식하고 벽에는 족자를 걸어두는 곳. 에도 시대 때까지 서민들에게는 허용되지 않았다-역주)도 딸려 있다. 이렇게 근사한 방에 들어온 건 태어나서 이번이 처음이다. 다음에 또 언제 이런 방에 들어와 보겠나 싶어 양복을 벗고 유카타 한 장만 걸친 채 방 한가운데에 큰대자로 드러누웠다. 기분이 좋았다.

점심을 먹고 바로 기요에게 편지를 썼다. 나는 문장력이 형편없을뿐더러 어휘도 잘 몰라서 편지 쓰는 걸 아주 싫어한다. 게다가 보낼 곳도 없다. 하지만 기요가 걱정하고 있을 터였다. 풍랑으로 배가 가라앉아 죽지는 않았을는지, 하고 멋대로 상상의 나래를 펼치면 곤란하니 큰마음 먹고 장문의 편지를 써주었다. 내용은 다음과 같다.

'어제 도착했어. 별 볼 일 없는 마을이야. 다다미 열다섯 장이 깔린 방에 누워 있어. 여관에 웃돈을 5엔 주었더니 안주인이 머리를 마룻바닥에 조아리며 절을 하더군. 어젯밤은 잠을 설쳤는데 기요가 조릿대 엿의 잎까지 먹는 꿈을 꿨어. 내년 여름에는 돌아갈 테야. 오늘 학교에 나가서 사람들에게 별명을 지어줬지. 교장은 너구리, 교감은 빨간 셔츠, 영어 선생은 끝물 호박, 수학은 산골바람, 미술은 따리꾼. 앞으로 이곳에서 벌어지는 일들을 편지로 써줄게. 그럼 이만.'

편지를 다 썼더니 기분이 좋아져서 졸음이 쏟아지기에 아까처럼 방 한가운데에 큰대자로 쭉 뻗고 잤다. 이번에는 꿈도 안

꾸고 푹 잤다. "이 방인가?" 하는 우렁찬 목소리 때문에 잠에서 깼더니 산골바람이 들어왔다.

"좀 전에는 실례했네, 자네가 맡을 일은……."

사람이 일어나자마자 담판을 짓기에 몹시 당황했다. 업무 내용을 들어보니 별반 어려워 보이지도 않아서 알겠다고 대답했다. 이 정도 일이라면 모레는커녕, 내일부터 시작하라고 해도 놀라지 않을 것이다. 수업에 관한 이야기가 끝나자 "자네도 언제까지고 이런 여관에 묵을 생각은 아닐 테고 내가 좋은 하숙집을 주선해줄 테니 옮기는 게 어떻겠나. 다른 사람이면 몰라도 내가 이야기하면 일사천리로 처리해줄 걸세. 쇠뿔도 단김에 빼랬다고 오늘 방을 보고 내일 짐을 옮기면 모레부터 출근하기도 딱 좋겠군" 하고 말을 쏟아냈다. 하기야 이 열다섯 장짜리 방에 언제까지고 있을 수도 없는 노릇이다. 월급을 모조리 방값으로 낸다 한들 모자랄 수도 있다. 애써 웃돈 5엔까지 주고 곧바로 옮기는 게 조금 아깝기는 하지만 어차피 옮길 거라면 하루라도 빨리 이사해서 자리 잡는 편이 낫겠다 싶어 그 부분은 산골바람에게 맡기기로 했다. 그러자 산골바람이 일단 따라오라기에 따라나섰다. 언덕 중턱에 있는 외진 집으로 더없이 한갓진 곳이었다. 집주인은 골동품을 매매하는 이카긴이라는 남자로, 마누라는 남편보다 네 살쯤 더 많아 보이는 여자였다. 중학교 때 '위치witch(마녀)'라는 영어 단어를 배운 적이 있는데 이 마누라가 바로 그 위치를 닮았다. 위치라고는 해도 남의 마누라니 문제없다. 결국 내일 짐을 옮기기로 했다. 돌아가는 길에 산골바람이 시내에서 빙수 한 그릇을 사주었다. 학교에서 만났을 때는 건방지고 호랑말코 같은 놈이라고 생각했는데 여러모로 챙겨주는 것을 보니 나쁜 놈은 아닌 듯했다. 그저 나처럼 성급하고 욱하는 성격인 모양이다. 나중에 들어보니 이 남자가 학생들 사이에서 가장 인망이 높은 선생이라고 한다.

3

드디어 학교에 정식 출근했다. 처음 교실에 들어가 높은 교단 위에 올라섰을 때는 왠지 기분이 이상했다. 수업하면서 '나 같은 사람이 과연 선생질을 잘할 수 있을까?' 하고 생각했다. 교실은 학생들의 떠드는 소리로 왁자했다. 때때로 귀에 박히는 큰 소리로 "선상님" 하고 불렀다. '선상님'이라는 소리만큼은 사무쳤다. 여태껏 물리학교에서 매일 "선생님, 선생님" 하고 부르기만 했는데 부르는 것과 불리는 것은 천지 차다. 괜히 발바닥이 간질간질했다. 나는 비겁한 인간은 아니다. 겁보도 아니지만 안타깝게도 배짱이 부족하다. "선상님" 하고 우렁차게 부르면 허기졌을 때 마루노우치에서 정오를 알리는 포 소리를 들었을 때처럼 화들짝 놀랐다. 첫 번째 수업은 얼렁뚱땅 지나갔다. 별달리 대답하기 곤란한 질문을 받지도 않고 끝냈다. 교무실에 들어서자 산골바람이 어땠느냐고 물었다. 괜찮았노라 간략히 대답했더니 산골바람은 안심한 듯했다.

두 번째 수업에 분필을 들고 교무실을 나왔을 때는 꼭 적진으로 돌격하는 기분이 들었다. 교실로 들어서니 이번 반은 앞 반보다 커다란 놈들뿐이다. 나는 도쿄 토박이로 자그맣고 호리호리했기 때문에 아무리 높은 데 올라서도 기선을 제압할 힘이 없다. 싸움이라면 스모꾼인들 샅바라도 잡고 겨루겠지만 이런 기골이 장대한 까까중 마흔 명을 앞에 두고 고작 혓바닥 하나만 놀려서 제압할 재주는 없다. 하지만 이런 촌뜨기에게 약점을 보이면 앞으로도 감당할 수 없을 것 같아 혀가 꼬부라든 거친 말투로 기관총을 쏘아 대듯 문제를 풀어줬다.

처음에는 학생들도 압도당한 듯 망연히 쳐다만 보기에 '내 그럴 줄 알았지' 하고 혀가 꼬부라든 거친 말투를 더욱더 과시하며 떠들어대고 있는데, 맨 앞줄 한가운데에 앉아 있던 가장 힘이 세 보이는 놈이 자리를 박차고 일어나더니 "선상님" 하고 불렀다. '오냐. 예상한 바다' 생각하면서 왜 그러냐고 물었더니 "아따라야, 허덜시리 빨라서 잘 모르겠십니더. 쪼매 찬차히 해주시면 안 되겠십니꺼" 하고 말했다. '해주시면 안 되겠십니꺼'는 뜨뜻미지근한 말투다. "너무 빠르면 천천히 말해주겠지만 나는 도쿄 토박이라 너희들이 쓰는 말은 쓸 수 없다. 못 알아듣겠다면 알아들을 때까지 기다려라" 하고 대답했다. 이런 분위기로 두 번째 수업은 생각했던 것보다 순탄했다. 다만 교실을 빠져나가려는데 한 학생이 "이 문제 쪼매 풀어주시면 안 되겠십니꺼, 아따라야" 하고 내가 못 풀 것 같은 기하학 문제를 들이밀었을 때는 식은땀이 흘렀다. 어쩔 수 없이 "나도 모르겠으니 다음 시간에 알려주마" 하고 서둘러 철수하는데 학생들이 "와아" 하고 호들갑을 떨었다. "못 푼다카는데, 못 푼다카는데" 하는 소리도 들려왔다. '등신들, 선생도 당연히 못 푸는 게 있지. 못 푸는 걸 못 푼다고 하는데 뭘 그리 유난을 떠냐. 그런 문제를 풀 수 있으면 사십 엔 받겠다고 이런 깡시골에 올 리가 없지' 하고 구시렁거리며 교무실로 돌아왔다. 이번에는 어땠냐고 또 산골바람이 물었다. 괜찮았다고 대답했는데 이 말로는 직성이 안 풀려서 "이 학교 학생들은 말귀를 못 알아듣는군" 하고 말해주었다. 산골바람은 묘한 표정을 지었다.

세 번째 수업도 네 번째 수업도 점심시간 이후의 한 시간도 고만고만했다. 첫날 들어간 반은 모두 조금씩 실수했다. 교사는 보기보다 수월한 게 아님을 깨달았다. 수업은 모두 끝났지만, 아직 집에 가면 안 된다. 세 시까지 오도카니 기다려야 했다. 세 시가 되면 내가 맡은 반 학생이 교실 청소가 끝났다고 보고하러 오기 때문에 검사를 해야 한다고 한다. 그런 다음 출석부를 훑어봐야 겨우 해방된다. 아무리 월급에 팔린 몸이라지만 중간에 빈 시간까지 학교에 묶어두고 책상과 눈싸움이나 하게 만들다니 그런 법이 어디 있나. 하지만 다른 동료들은 모두 얌전히 규칙을 지키고 있으니 신입인 나만 불평을 늘어놓는 것도 보기 안 좋을 듯해서 참기로 했다. "귀갓길에 무조건 세 시가 넘을 때까지 학교에 잡아두는 건 멍청한 짓이야" 하고 산골바람에게 하소연했더니 산골바람은 "그건 그래, 아하하하" 하다가 이내 심각해져서는 "자네, 학교 불평만 늘어놓으면 쓰나. 말하려거든 나한테만 하게. 꽤 이상한 사람도 있으니 말이야" 하고 충고 비슷한 말을 했다. 사거리에서 헤어져야 했기에 자세하게 물어볼 기회는 없었다.

그러고 집에 돌아왔더니 하숙집 바깥주인이 "차를 끓이지요" 하면서 내 방으로 들어왔다. 차를 끓인다기에 대접해주려나 싶었는데 내 찻잎을 스스럼없이 우려내더니 자기가 마셨다. 이런 식이면 내가 방을 비웠을 때도 제멋대로 "차를 끓이지요" 하고는 저 혼자 거행하고 있을지도 모를 일이다. "저는 서화랑 골동품을 좋아하다가 결국 이런 장사를 구메구메 시작하게 되었습니다. 보아하니 선생님도 꽤 풍류인이실 것 같군요. 취미 삼아 가볍게 시작해보시는 게 어떠신지요?" 하고 바깥주인이 얼토당토않은 권유를 했다. 이 년 전에 아는 사람 심부름으로 제국 호텔(1890년에 세워진 서양식 호텔-역주)에 갔을 때는 열쇠 수리공으로 오해받은 적이 있다. 모포를 뒤집어쓴 채 가마쿠라의 대불을 구경했을 때는 인력거꾼에게 직공 나리라는 말을 들었다. 그 밖에도 다른 사람으로 오해하는 일이 종종 있었지만 나를 붙잡고

“꽤 풍류인이실 것 같군요” 하고 말한 사람은 아직 단 한 사람도 없었다. 대개는 복장이나 행동만 봐도 알 수 있다. 풍류인이라면 그림만 봐도 알 수 있듯이 모름지기 두건을 쓰거나 조붓한 종이를 들고 있는 법이다. 나 같은 사람을 풍류인이라고 진지하게 말하다니 예사 사람이 아니다. 태평한 노인네나 할 법한 소일거리는 하기 싫다고 말했더니 바깥주인은 헤헤헤헤 웃으면서 “아니 처음부터 좋아서 하는 사람은 아무도 없습니다. 그런데 일단 이 길에 들어서기만 하면 쉽게 못 빠져나가지요” 하고 혼자서 차를 따라 묘한 손동작을 해대며 마셨다. 실은 어제저녁에 차를 사다 달라고 부탁해뒀는데 이렇게 쓰고 진한 차는 싫다. 한 잔만 마셔도 위가 쓰라릴 정도다. 그래서 다음부터는 덜 쓴 차를 사다 달랬더니 “알겠습니다” 하고는 또 한 잔 따라 마셨다. 남의 차라고 아까운 줄도 모르고 벌컥벌컥 마셔대는 놈이다. 바깥주인이 물러난 후 내일 수업 내용을 훑어보고 바로 잠들어버렸다.

그 후로는 매일매일 학교에 나가서 규칙대로 일하고 매일매일 돌아오면 바깥주인이 “차를 끓이지요” 하면서 나타났다. 일주일쯤 지나니 학교가 어떻게 돌아가는지 얼추 알 수 있었고, 하숙집 부부의 됨됨이도 대강은 파악할 수 있었다. 다른 교사에게 들은 바로는 임명장을 받고 일주일에서 한 달 동안은 자기 평판이 좋은지 나쁜지 신경을 곤두세우고 지낸다고 하는데 나는 조금도 신경이 쓰이지 않았다. 교실에서 가끔 실수하면 그 자리에서는 기분이 나빠도 삼십 분만 지나면 그 감정이 말끔히 사라진다. 나는 어떤 일이든 진득하게 걱정하려 해도 그럴 수 없는 성질의 사람이다. 교실에서 저지른 실수가 학생에게 어떤 영향을 끼치고 그 영향 때문에 교장이나 교감이 어떤 반응을 보일지에 대해 전혀 관심이 없었다. 나는 앞서 말했듯이 그다지 배짱 좋은 인물은 아니지만 일찌거니 체념하는 것만큼은 자신 있는 사람이다. 이 학교에서 잘 안되면 또 다른 곳으로 갈 각오쯤은 하고 있던 터라 너구리도 빨간 셔츠도 전혀 두렵지 않았다. 이렇다 보니 교실의 때때중 애송이에게 알랑방귀를 뀌거나 치렛말을 할 마음은 추호도 없었다. 학교는 이렇게 지내도 아무 문제가 없었지만 하숙집은 골치가 아팠다. 바깥주인이 차만 마시러 온다면야 참을 수 있지만 온갖 물건을 가져온다. 가장 처음 가져온 것은 무슨 도장 재료로, 열 개가량 줄느런히 늘어놓고 다 해서 3엔이면 거저 주는 거라며 사라고 했다. 지방만 돌며 보따리 장사할 초짜 그림쟁이도 아니고 그런 건 필요 없다고 했더니 이번에는 가잔이라나 뭐라나 하는 사람의 화조화 족자를 떡하니 들고 왔다. 제멋대로 도코노마에 걸더니 훌륭한 그림이지 않냐기에 “그런가요” 하고 적당히 둘러댔다. 그랬더니 가잔이라는 이름을 가진 사람은 둘인데(와타나베 가잔과 요코야마 가잔을 말한다. 두 사람 모두 사물화, 화조화, 산수화를 잘 그렸던 동시대 화가다-역주) 한 사람은 아무개 가잔이고, 또 한 사람은 아무개 가잔인데

이 족자는 그 아무개 가잔이 그린 거라는 시답잖은 설명을 하고는 "어떻습니까? 선생님께는 십오 엔에 넘겨드리겠습니다. 하나 장만하시지요" 하고 재촉했다. 돈이 없다고 거절하자 돈 같은 건 아무 때나 줘도 된다며 제법 억척스러웠다. 돈이 있어도 살 마음이 없다고 하며 그때는 쫓아버렸다. 그다음에는 귀면와(도깨비 얼굴을 새긴 두껍고 커다란 기왓장을 말한다-역주)만 한 거대한 벼루를 짊어지고 왔다. "이건 단계(단계 벼루를 말한다. 중국 광둥성 서부, 더칭현의 옛 이름인 단계는 양질의 단계석 산지로 유명하다-역주)입니다, 단계" 하면서 두 번 세 번 단계를 들먹이기에 재미 삼아 단계가 뭐냐고 물었더니 바로 설명을 시작했다.

"단계에는 상암, 중암, 하암이 있는데 요즘 나도는 것은 몽땅 상암이나 이건 틀림없는 중암입니다. 이 눈(벼룻돌 안에 있는 눈 모양의 무늬를 말하는데 이 눈이 많을수록 고급품이다-역주)을 보시지요. 눈이 세 개나 있는 건 몹시 드뭅니다. 발묵 상태도 더없이 좋습니다. 실제로 한번 갈아서 써보시지요."

그러고는 내 앞에 덩다란 벼루를 내밀었다. 얼마냐고 물으니 벼루 주인이 중국에서 들고 왔는데 꼭 팔고 싶다고 하니 싸게 쳐서 30엔에 넘기겠다고 한다. 이 사람은 멍텅구리인가 보다. 학교 쪽은 어떻게든 헤쳐 나갈 수 있을 것 같은데 이렇게 골동품 고문을 당하다가는 아무래도 오래 버틸 수 없을 것 같다.

그러는 사이 학교도 싫어졌다. 어느 날 밤, 오마치라는 곳을 산책하는데 우체국 옆 건물 간판이 눈에 들어왔다. 메밀국수라고 써놓은 글자 아래에 도쿄라고 덧붙여놓았다. 나는 메밀국수를 무척 좋아한다. 도쿄에서 지낼 적에도 메밀국숫집 앞을 지나다가 알싸한 고명 냄새(파, 고추냉이, 간 무, 김 등을 말한다-역주)라도 맡으면 홀린 듯이 노렌(상점 입구에 치는 상호가 적힌 천-역주)을 들추고 가게 안으로 들어가고 싶었다. 지금까지 수학과 골동품 때문에 메밀국수를 잊고 지냈는데 이렇게 간판을 보니 그냥 지나칠 수가 없었다. 마주친 김에 한 그릇 먹고 가야겠다 싶어서 안으로 들어갔다. 둘러보니 간판 내용과는 딴판이었다. 도쿄라고 써둔 이상 좀 더 깨끗이 청소해놓을 만도 한데 도쿄를 모르는지 돈이 없는 건지 기겁할 만큼 지저분하다. 다다미는 색이 바랜 데다 모래까지 밟혔다. 벽은 연기에 그을려 시커멓다. 천장은 램프 그을음이 까맣게 껴 있는 데다가 낮아서 무심코 고개를 잔뜩 움츠릴 정도다. 그렇지만 번지르르하게 메밀국수 이름을 써놓은 가격표만큼은 완전히 새것이다. 낡은 건물을 사서 이삼일 전에 개업한 것이 분명하다. 가격표 첫 줄에 튀김 메밀국수라 적혀 있다. "이보시오, 튀김 메밀국수 하나 갖다주시게" 하고 소리를 버럭 질렀다. 그러자 그때까지 구석진 쪽에서 셋이 뭔가 후루룩 쩝쩝거리며 먹고 있던 일당의 시선이 한꺼번에 내 쪽을 향했다. 가게가 어둑해서 못 알아봤는데 얼굴을 보니 모두 우리 학교 학생들이었다. 먼저 인사하길래 나도 인사를 했다. 그날 밤에는 오랜만에 메밀국수를 먹었더니 맛있어서 튀김 메밀국수를 네 그릇이나 비웠다.

이튿날 별생각 없이 교실에 들어갔더니 칠판에 가득 찰 만큼 커다란 글씨로 '튀김 메밀국수 선생님'이라고 쓰여 있었다. 내 얼굴을 보더니 모두 "우하하" 하고 웃었다. 나는 한심해서 튀김 메밀국수를 먹은 게 그리 이상하냐고 물었다. 그러자 한 학생이 "그래도 네 그릇이나 묵는 건 쪼매 심한데예, 아따라야" 하고 대답했다. 네 그릇을 먹든 다섯 그릇을 먹든 내 돈으로 내가 먹겠다는데 뭐가 불만이냐고 내뱉고는 얼른 수업을 끝내고 교무실로 돌아왔다. 쉬는 시간 십 분이 지나고 다음 교실에 들어가자 '첫째, 튀김 메밀국수 네 그릇이니라. 단, 웃지 말지어다'라고 칠판에 쓰여 있었다. 앞 반에서는 크게 화도 안 났지만 이번에는 화가 치밀었다. 농담도 도가 지나치면 괴롭히는 것이다. 떡도 적당히 구워야지 심하게 구우면 타는 것처럼 뭐든 정도가 지나치면 누구 하나 칭찬할 사람은 없다. 이 촌뜨기들은 요령을 몰라서 어느 선에서 그만둬야 하는지 모르는 모양이다. 한 시간만 걸으면 더는 구경할 것도 없는 비좁은 동네에 살아서 달리 흥밋거리도 없으니 튀김 메밀국수 사건을 러일전쟁처럼 떠들고 다니는 거겠지. 옹졸한 놈들이다. 어릴 때부터 보고 자란 것이 그런 것뿐이니 화분에 심은 단풍나무처럼 뒤틀린 소인배가 되는 것이다. 악의가 없다면 같이 웃어도 그만이지만 대체 이게 뭐란 말인가. 어린 것들 주제에 유달리 독기를 품고 있다. 나는 말없이 칠판에 적힌 튀김 메밀국수를 지우고 "이런 장난이 재미있느냐? 비겁한 농지거리다. 너희들은 비겁하다는 뜻을 알고 있기는 하느냐?" 하고 말했더니 "지가 한 행동을 갖다가 쪼매 웃는다고 씅내는 게 비겁하다는 거겠지예, 아따라야" 하고 말대답하는 놈이 있다. 지긋지긋한 놈들이다. 이런 놈들을 가르친답시고 도쿄에서 일부러 이곳까지 왔나 생각하니 한심해졌다. "말도 안 되는 억지 부리지 말고 공부나 해"라고 쏘아붙이고 수업을 시작했다. 그러고 다음 교실로 들어갔더니 '튀김 메밀국수를 먹으면 억지를 부리고 싶어지나니'라고 쓰여 있었다. 처치 곤란한 놈들이다. 머리끝까지 분통이 치밀어 이렇게 건방진 놈들은 배울 자격도 없다고 말하고는 성큼성큼 교무실로 돌아왔다. 학생들은 수업을 안 들어도 되어서 좋아했다고 한다. 이렇게 되면 학교보다 차라리 골동품이 훨씬 나은 편인가 싶다.

튀김 메밀국수 사건도 집에 돌아와 하룻밤 잤더니 울화가 가라앉았다. 학교에 갔더니 학생들도 나와 있었다. 귀신이 곡할 노릇이다. 사흘 정도는 아무 일 없이 흘러갔다. 나흘째 되는 날 저녁에 스미타라는 곳에 가서 경단을 먹었다. 스미타는 온천 마을로 시내에서 기차를 타면 십 분, 걸어도 삼십 분이면 갈 수 있는데 요릿집, 온천 여관, 공원도 있고 유곽까지 있다. 내가 들어간 경단 가게는 유곽 입구 쪽에 있었는데 맛있다는 소문이 자자해서 온천욕을 했다 돌아가는 길에 잠깐 들러 먹어봤다. 이번에는 학생들과 마주치지 않았으니 아무도 모를 거라 싶었는데 다음 날 학교에 출근해서 첫 수업에 들어갔더니 '경단 두 접시 7전'이라고 쓰여 있었다. 실제로 나는 경단 두 접시를 먹고 7전을 냈다. 정말이지 귀찮은 녀석들이다. 두 번째 시간에도 분명 뭔가 있겠거니 예상하면서 교실에 들어갔는데 '유곽의 경단, 맛있다 맛있어'라고 써두었다. 기가 막히는 놈들이다. 경단 사건이 시들해지는가 싶었는데 이번에는 빨간 수건이라는 소문이 돌았다. 무슨 말인가 했더니 정말 시시하기 그지없는 이야기였다. 나는 이곳에 온 후로 매일 스미타 온천에 가기로 마음먹고 있었다. 다른 곳은 어딜 가도 도쿄 발뒤꿈치에도 미치지 못하지만, 온천만큼은 훌륭했다. 기껏 이곳까지 왔으니 매일 온천물에 담가야겠다고 생각하고 저녁을 먹기 전에 운동 삼아 다녀오곤 했다. 갈 때는 꼭 커다란 수건을 들고 간다. 빨간 줄무늬가 있는 수건이라 물에 젖었을 때 얼핏 보면 붉게 보이기도 한다. 나는 이 수건을 오갈 때도 기차를 탔을 때도 걸을 때도 항상 들고 다녔다. 그래서 학생들이 나를 "빨간 수건, 빨간 수건" 하고 부르는 거라고 한다. 정말이지 좁아터진 곳에 살자니 별일이 다 있다. 또 있다. 온천은 3층짜리 신축 건물로 고급탕은 유카타를 빌려주고 종업원이 등까지 밀어주는데 8전이면 된다. 게다가 여종업원이 차반에 다완을 올려 내온다. 나는 으레 고급탕에 들어갔다. 그러자 월급 40엔으로 매일 고급탕에 들어가는 것은 분에 넘치는 짓이라는 말이 돌았다. 쓸데없는 참견이다. 또 있다. 그 고급탕은 화강암을 쌓아 올린 탕에다 넓이도 다다미 열다섯 장 정도로 넓다. 대개 열서너 명이 몸을 담그지만, 가끔 아무도 없을 때가 있다. 일어서면 가슴 정도까지 차는 깊이라 운동 삼아 욕탕 안에서 헤엄칠 때도 있는데 이게 엄청 유쾌하다. 나는 사람이 없는 것을 확인하고 다다미 열다섯 장 크기의 욕탕에서 이리저리 헤엄치며 즐겼다. 그러던 어느 날, 3층에서 기세 좋게 내려와 오늘도 헤엄칠 수 있으려나, 하고 욕탕 자쿠로구치(에도 시대 목욕탕 안의 탕 출입구. 물이 식지 않도록 위쪽을 막았기 때문에 몸을 굽혀서 들어가야 한다-역주) 아래로 안을 들여다보니 커다란 팻말에 새카만 글씨로 '탕 안에서 헤엄치지 말 것'이라고 쓰여 있었다. 탕 안에서 헤엄치는 사람은 거의 없을 테니 이 팻말은 나를 위해 특별히 주문한 것일 수도 있다. 나는 그 후로 헤엄치는 것을 단념했다. 헤엄치는 것은 단념했지만 학교에 갔더니 여느 때처럼 칠판에 '탕 안에서 헤엄치지 말 것'이라고 쓰여 있는 대목에서는 깜짝 놀랐다. 어쩐지 전교생이 나 하나를 감시하고 있는 것만 같았다. 설움이 목구멍까지 복받쳤다. 학생들이 뭐라 하든 하기로 마음먹은 일을 그만둘 내가 아니지만, 어째서 이렇게 좁아터지고 숨이 콱 막히는 곳에 왔는지 생각하니 한심스러워졌다. 그러다 집에 돌아가면 어김없이 골동품 고문을 당한다.

4

학교에는 당직이라는 제도가 있어서 교직원이 돌아가며 당직을 선다. 다만 너구리와 빨간 셔츠는 예외다. 왜 이 두 사람에게만 당연한 의무를 면해주는 것인지 물어보았더니 주임관 대우(총리대신이 천황에게 추천하여 임명한 주임관과 같은 대우라는 뜻으로, 작중에서는 교감 이상의 사람을 말한다-역주)라서 그렇다고 한다. 우습지도 않다. 월급은 많이 줘, 일하는 시간도 적어, 그런데 당직까지 면해주다니 세상에 이런 불공평한 일이 다 있나. 멋대로 규칙을 정해놓고 그게 당연하다는 듯한 얼굴을 하고 있다. 정말이지 뻔뻔스럽기가 이루 말할 수가 없다. 이것만큼은 상당히 불만스러웠지만 산골바람 말에 따르면 혼자서 아무리 불평을 나열한들 통하지 않는다고 한다. 혼자이건 둘이건 옳은 일이라면 통할 것이다. 산골바람은 'might is right'라는 영어를 들먹이며 타일렀지만, 무슨 뜻인지 몰라 되물었더니 강자의 권리라는 뜻이란다. 강자의 권리라면 오래전부터 알고 있었다. 새삼스레 산골바람에게 설명을 듣지 않아도 된다. 강자의 권리와 당직은 다른 문제다. 너구리와 빨간 셔츠가 강자라니, 누가 동의한단 말인가. 갑론을박은 갑론을박일 뿐 머지않아 내 차례가 돌아왔다. 나는 원래 예민한 터라 내가 덮던 이불이 아니면 편히 자지 못하고 설령 까무룩 잠이 들어도 제대로 잔 것 같지 않다. 어릴 때부터 친구 집에서 잔 적도 거의 없다. 친구 집도 싫은데 하물며 학교 당직은 더더욱 싫다. 싫지만 당직이 40엔 속에 포함되는 것이라면 어쩔 수 없다. 꾹 참고 근무하는 수밖에.

교사도 학생도 집으로 돌아간 텅 빈 학교에서 홀로 멍하니 있는 건 정말이지 나사가 풀리는 일이다. 당직실은 학교 건물 뒤쪽에 있는 기숙사 내 서쪽 끄트머리 방이다. 살짝 들어가 봤는데 저물녘 햇살이 그대로 들어와 괴로워 견딜 수가 없다. 깡시골이라 그런지 가을이 왔는데도 여전히 무덥다. 기숙사생들이 먹는 저녁밥으로 끼니를 해결했는데 그렇게 맛이 없을 수가 없었다. 용케 이런 밥을 먹으면서도 길길이 잘도 날뛰는구나 싶었다. 게다가 저녁밥을 네 시 반에 다 해치워버리니 호걸이 틀림없다. 밥도 다 먹었건만 아직 해가 지지 않아서 잘 수는 없다. 잠깐 온천에 다녀오고 싶어졌다. 당직하는 사람이 밖에 나가도 될지 안 될지 모르겠지만 이렇게 우두커니 옥살이하는 사람처럼 참담한

고행을 하는 것은 참기 어려웠다. 처음 학교에 온 날, 당직 선생님은 어디 있냐고 학교 심부름꾼에게 물었을 때 잠깐 볼일이 있어 나갔다는 답이 돌아와서 이상하다 싶었는데 내 차례가 되고 보니 수긍이 갔다. 나가는 게 옳다. 나는 학교 심부름꾼에게 잠깐 나갔다 오겠다고 했더니 "무슨 볼일이라도 생기셨나요?" 하고 물어서 볼일이 아니라 온천에 다녀오겠다고 대답하고 뒤도 안 돌아보고 나왔다. 빨간 수건을 하숙집에 깜빡하고 두고 온 것은 아쉬웠지만 오늘 하루 정도야 온천에서 빌리면 그만이다.

그 후 여유롭게 탕에 들어갔다 나왔다 하다 보니 그제야 해거름이 되어서 기차를 타고 고마치 정거장에서 내렸다. 역에서 학교까지는 4백 미터쯤 된다. 가까워서 걷기로 했는데 맞은편에서 너구리가 나타났다. 너구리는 이제부터 이 기차를 타고 온천에 가려는 모양이다. 저벅저벅 빠른 걸음으로 다가와 지나칠 때쯤 내 얼굴을 쳐다보기에 가볍게 인사를 했다. 그러자 너구리가 "선생님은 오늘 당직하는 날이지 않았던가요?" 하고 진지하게 물었다. '않았던가요?'라니, 무슨 귀신 씻나락 까먹는 소리. "오늘 밤은 첫 당직이군요. 수고 좀 해주세요" 하고 두 시간 전에 인사까지 다 해놓고. 교장쯤 되면 빙빙 에둘러 말하는 모양이다. 나는 화가 나서 "네, 당직입니다. 당직이니까 지금부터 당직실로 돌아가서 틀림없이 잠을 잘 겁니다" 하고 내뱉고는 무슨 일 있었냐는 듯 걷기 시작했다. 다테마치 사거리에 닿자, 이번에는 산골바람과 마주쳤다. 정말이지 콧구멍만 한 곳이다. 밖에 나와 걷기만 하면 꼭 누군가와 마주친다. "이봐, 자네는 오늘 당직 아닌가?" 하고 묻기에 "맞네, 당직이네" 하고 대답했더니 "당직이 밖에 나와서 어슬렁거리면 적절치 않지" 하고 말했다. "적절치 않을 게 뭐 있다고 그러나. 나와서 걷지 않는 게 오히려 더 적절치 않을 걸세" 하고 어깨를 쫙 펴고 말했다. "야무지지 못한 모습을 자꾸 보이면 곤란하네. 교장 선생님이나 교감 선생님이랑 마주치기라도 하면 귀찮아질 거야" 하며 산골바람답지 않은 소리를 해서 "교장 선생님이라면 방금 만났지. 더울 때는 산책이라도 하지 않으면 당직을 못 버텨낼 거라고 교장 선생님이 내가 하는 산책을 칭찬해주던걸" 하고 말하고는 성가셔져서 얼른 학교로 돌아왔다.

해는 곧바로 저물었다. 해가 지고 나서 두 시간가량은 심부름꾼을 당직실로 불러 이야기를 나누었는데 이내 싫증이 나서 잠이 올 것 같지 않았지만 일단 누워볼까 하는 마음에 잠옷으로 갈아입고 모기장을 치고는 빨간 모포를 걷어차고 털썩 엉덩방아를 찧으며 벌러덩 드러누웠다. 자기 전에 엉덩방아를 쿵 하고 찧는 것은 어릴 때부터 해오던 내 버릇이다. 오가와마치 하숙집에 살던 시절, 아래층에 살던 법률학교 서생이 이를 두고 나쁜 버릇이라며 한소리를 하러 올라온 적이 있다. 법률 서생은 연약한 주제에 입만 살아서는 얼토당토않은 말을 끝도 없이 떠들어댔다. 그래서 잘 때 쿵쿵 소리가 나는 것은 내 엉덩이 잘못이 아니다. 하숙집 건물이 낡아서 그렇다. 따지려거든 하숙집 주인에게 따져라, 하고 코를 납작하게 만들어주었다. 당직실은 2층이 아니니 아무리 쿵쿵 드러누워도 뭐라 할 사람 없다. 온 힘을 다해 드러눕지 않으면 자도 잔 것 같지 않다. '아아, 상쾌하다' 하고 다리를 쭉 뻗었는데 무언가가 두 다리에 달라붙었다. 거슬거슬해서 벼룩도 아닌 것 같아 "뭐야" 하고 이불 안에서 다리를 두세 번 흔들어봤다. 그러자 거슬거슬 닿았던 것이 삽시간에 더 늘어나 정강이에 대여섯 군데, 허벅지에 두세 군데, 엉덩이 밑에서 부지직 짓누른 것이 하나, 배꼽까지 뛰어 올라온 것도 하나 있어서 깜짝 놀랐다. 벌떡 일어나 모포를 획 뒤로 내던졌더니 이불 속에 메뚜기 오륙십 마리가 튀어나왔다. 정체를 몰랐을 때는 섬뜩했는데 메뚜기라는 걸 알고 나니 불현듯 화가 났다. 메뚜기 주제에 사람을 놀라게 하다니 두고 보라지, 하고 후다닥 목침 베개를 집어 들고 두세 번 내려쳤는데 상대가 너무 작다 보니 힘껏 휘두르는 데 비해 별 소득이 없었다. 하는 수 없이 다시 이불 위에 앉아 연말 대청소를 할 때 돗자리를 휘휘 말아 다다미 먼지를 탈탈 털어낼 때처럼 이부자리 주위를 베개로 마구 내리쳤다. 메뚜기 떼도 놀랐는지 베개로 내리칠 때마다 튀어 올라 내 어깨며 머리며 콧등이며 여기저기 달라붙거나 부딪혔다. 얼굴에 달라붙은 놈은 베개로 칠 수도 없으니 일일이 손으로 잡아 전력을 다

해 내던졌다. 야속하게도 아무리 젖 먹던 힘까지 짜내도 부딪히는 곳이 모기장이라 휘청 흔들리고 나동그라질 뿐 전혀 타격이 없었다. 메뚜기는 던져진 채로 모기장에 매달려 있다. 죽지도 않았을뿐더러 무슨 일 있었냐는 얼굴이다. 여차저차 삼십 분쯤 지나서야 겨우 메뚜기 떼를 퇴치했다. 빗자루를 가져와 메뚜기 시체를 쓸었다. 심부름꾼이 와서는 무슨 일이냐고 묻기에 "무슨 일이긴 무슨 일이야, 메뚜기를 이불 속에서 기르는 놈이 세상천지 어디 있냐. 이 무지몽매한 놈아" 하고 혼쭐을 내줬더니 "저는 모르는 일인데요"라고 변명했다. "발뺌하면 다 되는 줄 아냐" 하고 빗자루를 툇마루 쪽으로 내동댕이쳤더니 심부름꾼은 쭈뼛쭈뼛 빗자루를 짊어지고 돌아갔다.

나는 그 길로 기숙사생 중 세 명을 대표로 불렀다. 그러자 여섯 명이 나타났다. 여섯 명이건 열 명이건 그건 대수롭지 않았다. 잠옷 차림인 채로 소매를 걷어붙이고 담판을 벌였다.

"어째서 메뚜기 따위를 내 이불 속에 넣었나?"

"메뚜기가 뭔데예?" 하고 맨 앞에 선 놈이 말했다. 기분 나쁠 정도로 침착했다. 이 학교는 교장뿐만 아니라 학생들까지 말을 고불고불 돌려댄다.

"메뚜기도 모른단 말이냐? 모른다면 보여주지" 하고 호기롭게 말했지만 안타깝게도 방금 다 쓸어내서 한 마리도 남아 있지 않았다. 다시 심부름꾼을 불러 "아까 메뚜기 다시 갖고 오게"

라고 말했더니 "벌써 쓰레기 처리장에 버렸는데 주워 올까요?" 하고 물었다. "그래, 빨리 주워 와"라고 하자 심부름꾼은 허겁지겁 달려가더니 곧 얄따란 종이 위에 열 마리 정도를 얹어 와서는 "정말 안타깝지만, 하필 밤이라 이것밖에 못 찾았어요. 날이 밝으면 좀 더 주워 오겠습니다" 하고 말했다. 심부름꾼까지 얼간이다. 나는 메뚜기 하나를 학생에게 보이며 "이게 메뚜기다. 덩치는 커다란 놈들이 아직 메뚜기가 뭔지도 모른다니, 말이 되냐?" 하고 말했다. 그러자 맨 왼쪽에 있던 얼굴이 둥글넓데데한 놈이 "여치아이라예? 아따라야" 하고 건방지게도 나를 몰아세웠다. "등신 같은 놈, 여치나 메뚜기나 그게 그거다. 다 떠나서 선생님 앞에서 아따라야가 뭐냐. 시답잖은 딴따라나 되고 싶으냐" 하고 반격했더니 "아따라야하고 딴따라는 다른 건데예, 아따라야" 하고 말했다. 언제까지고 '아따라야'를 붙일 놈이다.

"여치든 메뚜기든 왜 내 이불 속에 넣은 거냐. 내가 언제 메뚜기를 넣어달라고 부탁이라도 했냐."

"아무도 안 넣었는데예."

"안 넣었는데 어찌 이불 속에 들어앉아 있을 수 있어."

"여치는 뜨신 데를 좋아하이 아마 지 혼자 들어가신 거 아니겠십니꺼."

"얼뜨기 같은 소리 하지 마라. 메뚜기가 혼자 들어가시다니, 메뚜기 따위가 들어오시는 걸 내가 가만히 보고 있을 것 같으냐.

왜 이런 장난을 쳤는지 어서 말해."

"말하라 케도, 넣지도 않은 걸 우예 설명하란 말인교."

찌찌한 놈들. 자기가 한 짓을 떳떳하게 밝히지도 못할 바에야 애초에 시작도 하지 말 것을. 증거를 들이밀지 않는 이상 끝까지 잡아뗄 생각으로 뻔뻔하게 군다. 나도 중학교 때 실컷 장난을 쳐봤다. 그래도 누가 한 짓이냐고 물었을 때 비겁하게 꽁무니를 뺀 적은 단 한 번도 없다. 한 건 한 거고, 하지 않은 건 하지 않은 거다. 나 같은 사람은 아무리 장난을 쳐도 결백하다. 거짓말을 해서 벌을 피할 요량이라면 애당초 장난도 쳐서는 안 된다. 장난과 벌은 한 쌍이다. 벌이 있으니까 마음 편히 장난도 칠 수 있다. 장난만 치고 벌은 피하려고 하다니 그런 비열한 근성이 대체 어느 세상에서 통할 것 같으냐. 돈은 빌리되 갚는 건 싫다고 하는 사람들은 죄다 이런 놈들이 졸업해서 할 짓거리가 분명하다. 대체 중학교는 뭣 하러 들어온 건지. 학교에 와서 거짓말하고, 사람을 속이기나 하고, 뒤에서 좀스럽게 버르장머리 없는 못된 장난만 치고, 그러다 어깨 쫙 펴고 졸업해서는 교육 좀 받은 몸이라고 착각하고 산다. 말이 안 통하는 졸병들이다.

나는 생각이 썩어빠진 이런 놈들과 담판을 벌이는 것이 속이 뒤집힐 정도로 불쾌해서 "끝내 능청을 떨겠다면 더 이상 묻지 않겠다. 중학교에 들어와서 교양이 있고 없고도 구별하지 못하다니 딱하구나" 하고 딱 잘라 말한 뒤 여섯 명을 내쫓았다. 나는 말투나 겉모습이야 교양이 없을지언정 마음만큼은 이놈들보다 월등히 교양이 있다고 생각한다. 여섯 명은 유유히 물러났다. 겉모습만큼은 교사인 나보다 훨씬 위엄 있어 보인다. 저렇게 차분하게 행동하는 게 더 질이 안 좋다. 나는 도저히 저런 배짱은 부릴 수 없다.

그러고 다시 잠자리로 들어가 누웠더니 조금 전 소동으로 모기장 안이 엥엥 시끄러웠다. 촛불을 켜서 한 마리씩 태워 죽이는 그런 귀찮은 짓을 할 수는 없으니 모기장 연결 끈을 풀어 길게 접어서 방 안에서 좌우 열십자로 흔들었다가 나부끼는 고리에 손등을 지겹도록 맞았다. 세 번째로 이불 속으로 들어갔을 때는 얼마간 진정이 됐지만 좀처럼 잠이 오지 않았다. 시계를 봤더니 열 시 반이다. 가만 생각해보면 골치 아픈 곳으로 오고 말았다. 중학교 선생이 어디를 가든 저런 애들을 상대해야 한다면 정말이지 가엾기 그지없는 사람들이다. 용케 선생이 품귀 현상을 빚지 않는다. 참을성이 대단히 좋은 옹고집들만이 선생이 되는 거겠지. 나 같은 사람은 도저히 버텨낼 재간이 없다. 그런 생각을 하고 있자니 기요에게 경의를 표하고 싶어졌다. 교육도 받지 못하고 신분도 비천한 할멈이지만 인간으로서는 몹시 존귀한 존재다. 지금까지는 신세를 지면서도 그리 고맙다고 생각한 적이 없었는데 이렇게 혼자 먼 곳에 오고 나서야 비로소 그 곰살맞음이 사무친다. 에치고의 조릿대 엿이 먹고 싶다면 일부러 에

치고까지 가서 사다 줄 만큼의 가치는 충분히 있다. 기요는 나보고 욕심이 없고 대쪽 같은 성품이라며 칭찬했지만 칭찬받는 나보다 칭찬하는 기요 본인이 더 훌륭한 사람이다. 문득 기요가 보고 싶어졌다.

기요를 생각하며 이리 뒤척 저리 뒤척이고 있는데 난데없이 내 머리 위에서 수로 따지면 삼사십 명쯤 될 법한데, 천장이 내려앉을 정도로 쾅, 쾅, 쾅 박자를 맞춰 마룻바닥을 발로 쿵쾅거렸다. 그러더니 발소리만큼 커다란 함성이 울렸다. 나는 무슨 큰 일이 났나 싶어 소스라치게 놀라 벌떡 일어났다. 일어나는 순간 '아하, 조금 전 일에 앙심을 품고 앙갚음하고자 학생들이 야단법석을 떠는 거로군' 하고 깨달았다. 너희가 한 나쁜 짓은 잘못했다고 인정하지 않는 한 결코 그 죄는 사라지지 않는다. 잘못했다는 것쯤은 너희 스스로 잘 알 것이다. 굳이 따지자면 자고 일어난 이튿날 아침에라도 죄송하다고 머리를 조아리러 오는 것이 온당하다. 설령 사죄까지는 하지 않을지언정 죄송한 마음으로 조용히 자야 한다. 그런데 뭐란 말인가, 이 소동은. 기숙사를 지어 돼지를 기르는 것도 아닐 테고. 미치광이 짓도 어지간히 해야지. 어떻게 하는지 두고 보자, 하고 잠옷 바람으로 당직실을 뛰쳐나가서는 세 걸음 반 만에 계단을 뛰어올라 단숨에 2층까지 올라갔다. 그러자 얄궂게도 분명 방금까지 머리 위에서 들리던 우당탕퉁탕 요란스럽던 소리가 돌연 조용해져서 사람 목소리는커녕 발소리도 들리지 않았다. 이것 참 이상하다. 램프는 이미 껐기 때문에 깜깜해서 어디에 뭐가 있는지 분명치 않지만, 사람이 있는지 없는지 정도는 알 수 있다. 동쪽에서 서쪽으로 길게 뻗은 복도에는 쥐새끼 한 마리 보이지 않는다. 복도 끝으로 휘영청한 달빛이 고여 있어 저 멀리 끄트머리만 환하다. 아무래도 이상하다. 나는 어릴 때부터 자주 꿈을 꾸었는데 자다 말고 벌떡 일어나 잠꼬대를 옹알옹알 해대는 바람에 사람들이 종종 웃음을 터뜨리곤 했다. 열예닐곱 살 때 다이아몬드를 주운 꿈을 꾸고는 날쌔게 일어나 옆에 있던 형에게 방금 다이아몬드 어떻게 했냐고 잡아먹을 듯이 웅그리며 캐물었을 정도다. 그때는 사흘가량 온 집안의 웃음거리가 되어 곤혹스러웠다. 어쩌면 방금 난 소리도 꿈일지 모른다. 하지만 분명 야단법석을 떨었는데, 하고 복도 한가운데서 골똘히 생각에 잠겨 있는데 달빛이 고여 있는 저쪽 끝에서 "하나, 둘, 셋, 와아" 하고 삼사십 명 목소리가 한꺼번에 울리는가 싶더니 아까처럼 모두가 박자 맞춰 마룻바닥을 발로 쿵쾅거리기 시작했다. 이것 보라지, 역시 꿈이 아니라 현실이었다. "조용히 해라! 밤늦은 시간이다!" 하고 나도 지지 않을 정도로 고래고래 소리를 지르며 복도 끝을 향해 내달렸다. 복도는 어스레했다. 그저 복도 끝에 드리운 달빛이 목표였다. 내가 4미터쯤 내달렸나 싶을 때 복도 한가운데서 단단하고 커다란 것에 정강이를 부딪쳐서 통증이 뇌로 전달되기도 전에 몸이 꽈당,

하고 앞으로 고꾸라졌다. 이런 제기랄, 하고 일어섰지만 달릴 수가 없었다. 마음은 급한데 다리가 말을 듣지 않았다. 감질이 나서 한쪽 발로 절룩거리며 뛰어갔더니 이미 발소리도 사람 소리도 그친 채 기침 소리 하나 들리지 않았다. 사람이 아무리 비겁하다지만 이렇게 비겁할 수가 있단 말인가. 그야말로 돼지다. 이렇게 된 이상 숨어 있는 놈들을 끌어내 싹싹 빌 때까지는 물러서지 않겠노라 다짐하고는 방 하나를 열어 안을 검사하려는데 문이 열리지 않는다. 자물쇠를 채웠는지 책상이나 뭔가를 쌓아 막아놓았는지 밀고 또 밀어도 꿈쩍도 하지 않는다. 이번에는 맞은편 북쪽 방을 열어보았다. 열리지 않는 것은 매한가지였다. 내가 문을 열어 안에 있는 놈들을 끌어내겠다고 안달이 나 있는데 또다시 동쪽 끝에서 함성과 쿵쾅거리는 발소리가 나기 시작했다. 이놈들이 서로 짜고 동서 양쪽에서 나를 골탕 먹일 작정이구나, 하고 생각했지만 그래서 어떻게 해야 좋을지 그 방법을 몰랐다. 솔직히 고백하자면 나는 용기가 있는 것에 비해 지혜가 부족하다. 이럴 때는 어떻게 해야 할지 도통 모르겠다. 모르겠지만 결코 질 생각은 없다. 이대로 물러서면 내 체면이 말이 아니다. 도쿄 토박이는 패기가 없다는 말을 듣는 것은 억울하다. 당직을 서다 코흘리개 까까중 놈들에게 조롱받으면서 어찌할 바를 몰라 털레털레 잠자리로 물러났다는 말을 듣는다면 그건 내 평생에 씻을 수 없는 수치다. 이래 봬도 뿌리는 하타모토(에도 시대의 쇼군 직속 무사-역주)다. 하타모토의 뿌리는 세이와 겐지(세이와 천황의 자손. 미나모토라는 성을 하사받았다-역주)로 다다노 만주(미나모토노 미쓰나카를 말한다. 세이와 천황의 증손자다-역주)의 후예다. 이런 농사꾼들과는 태생부터 다르다. 다만 지혜가 없는 것이 안타까울 따름이다. 어떻게 해야 할지 모르는 것이 곤욕스러울 뿐이다. 곤욕스럽다고 포기할까 보냐. 정직하니까 어떻게 해야 할지 모르는 것이다. 이 세상에 정직함이 이기지 못한다면 달리 이길 것이 무엇이 있겠는가. 생각해보라. 오늘 밤에 이기지 못하면 내일 이기리라. 내일 이기지 못하면 모레 이기리라. 모레 이기지 못하면 하숙집 주인에게 도시락을 가져오라 부탁해서 이길 때까지 이곳에 있어주마. 나는 그렇게 단호하게 결심하고 복도 가운데에 책상다리를 틀고 앉아 동틀 녘을 기다렸다. 모기가 앵앵 못살게 굴었지만 아무렇지도 않았다. 조금 전에 부딪힌 정강이를 쓸어내렸더니 뭔가 끈적끈적하다. 피가 나는 모양이다. 피 따위 나올 테면 멋대로 나오라지. 그러는 새 피로가 몰려와 그만 꾸벅꾸벅 졸고 말았다. 시시덕거리는 소리에 잠에서 깨자 아뿔싸, 하고 발딱 일어났다. 내가 앉아 있던 오른쪽 문이 반쯤 열려 있고 학생 두 명이 내 앞에 서 있었다. 나는 앗, 하고 정신을 차리자마자 내 코앞에 있는 학생 다리를 붙잡고는 있는 힘을 다해 내 쪽으로 당겼더니 벌렁 나동그라졌다. 쌤통이다. 나머지 한 놈이 당황해하는 틈에 달려들어 어깨를 꽉 잡고 두세 번 흔들어댔더니 무슨 영문인지 모르는 듯 눈만 껌뻑껌뻑했다. "얼른 내 방으로 따라와" 하며 잡아당기자 겁먹었는지 일언반구 대꾸도 없이 따라왔다. 이미 동이 튼 아침이었다.

내가 당직실로 끌고 온 놈에게 추궁하기 시작하자 '돼지는 발로 차도 두들겨 패도 돼지인 것처럼 끝까지 모르는 일인데예'로 일관할 요량인 듯 단 한마디도 자백하지 않았다. 그러는 새 한 놈, 두 놈, 2층에서 내려오더니 점점 수많은 학생이 당직실로 모여들었다. 보아하니 모두 졸린 듯 눈두덩이 퉁퉁 부어 있었다. 쩨쩨한 놈들이다. 하룻밤 안 잤다고 저런 낯짝을 해서야 어디 사내라고 할 수 있겠는가. 얼굴에 물이라도 묻히고 따지러 오라고 말했지만 아무도 세수하러 가지 않았다.

오십여 명을 상대로 한 시간가량 시시비비를 가리고 있는데 불쑥 너구리가 나타났다. 나중에 들어보니 심부름꾼이 학교에 소동이 일어났다고 일부러 알리러 갔다고 한다. 이만한 일 가지고 교장을 부르다니 배짱이 없어도 너무 없다. 그러니 중학교 심부름꾼이나 하고 있지.

교장은 한 차례 내 설명을 들었다. 학생들 변명도 대강 들었다. "추후 처분을 내릴 때까지 평소처럼 등교해라. 얼른 세수하고 아침밥을 먹지 않으면 지각할 테니 빨리빨리 움직여라"라고 말하고는 기숙사생들을 모두 돌려보냈다. 정말이지 뜨뜻미지근한 일 처리다. 나라면 그 자리에서 기숙사생을 모조리 퇴학시켜 버렸을 것이다. 이렇게 관대하게 구니까 학생들이 당직 교사를 업신여기는 것이다. 게다가 나 보고는 "선생님도 마음 쓰느라 피곤하시지요? 오늘 하루는 쉬셔도 됩니다" 하고 말하기에 나는 이렇게 대답했다.

"아닙니다. 조금도 마음 쓰지 않았습니다. 이런 일이 매일 밤 생긴다 한들 목숨이 붙어 있는 한 마음 쓸 일도 아닙니다. 수업은 하겠습니다. 하룻밤 정도 못 잤다고 수업을 못 할 정도라면 받은 월급에서 그만큼을 학교에 돌려드리겠습니다."

교장은 어떻게 생각했는지 한동안 내 얼굴을 주시하다가 "그래도 얼굴이 많이 부었는데요" 하고 일러주었다. 듣고 보니 어쩐지 묵직한 느낌이 든다. 게다가 온 얼굴이 가렵다. 모기가 어지간히도 물었나 보다. 나는 얼굴을 북북 긁어대면서 "아무리 얼굴이 부어도 말은 할 수 있으니 수업하는 데는 지장이 없습니다" 하고 대답했다. 교장은 웃음을 머금고 "정말로 씩씩하군요" 하고 칭찬했다. 사실은 칭찬이 아니라 비웃은 거겠지만.

5

“선생님, 낚시하러 가지 않겠습니까?” 하고 빨간 셔츠가 내게 물었다. 빨간 셔츠는 기분 나쁠 정도로 상냥한 목소리를 내는 남자였다. 남자인지 여자인지도 분간하지 못하겠다. 남자라면 남자다운 목소리를 내야 한다. 더구나 대학까지 졸업하지 않았는가. 물리학교 사람들도 나 정도로 남자다운 목소리를 내는데 문학사가 이래서야 위신이 서지 않는다.

내가 “글쎄요” 하고 떨떠름하게 대답했더니 “낚시를 한 적이 있습니까?” 하고 무례한 질문을 한다. 횟수가 많지는 않지만, 어릴 적 고우메에 있는 유료 낚시터에서 붕어 세 마리를 낚은 적이 있다. 그리고 가구라자카의 비사문(재물신으로, 일본의 칠복신 중 하나다-역주)을 참배하는 날에 25센티미터쯤 되는 잉어가 낚싯바늘을 물기에 월척이라고 기뻐하던 찰나 첨벙 빠뜨린 적이 있는데 지금 생각해도 아깝다고 말했더니 빨간 셔츠는 턱을 치켜들며 "호호호호" 하고 웃었다. 그렇게까지 거드름 피우며 웃지 않아도 될 텐데 말이다. "그렇다면 낚시의 묘미인 손맛을 아직 모르시겠군요. 원하신다면야 한 수 가르쳐드리지요" 하고 퍽 자신 있게 말했다. 내가 언제 한 수 가르쳐주십사 부탁이라도 했나. 대개 낚시나 사냥을 하는 이들은 모두 매정한 사람들뿐이다. 매정하지 않다면 살생하면서 기뻐할 리가 없다. 물고기도 새도 죽는 것보다 살고 싶을 게 당연하다. 낚시나 사냥을 해야만 생계를 꾸려나갈 수 있다면 또 모를까, 무엇 하나 부족함 없이 살면서 생명체를 죽이지 않고는 못 배긴다니 배부른 소리다. 이렇게 생각은 했지만 상대는 문학사인 만큼 달변가일 테니 논쟁을 시작했다가는 찍소리도 못할 것 같아 잠자코 있었다. 그러자 교감은 나를 꺾었다고 생각했는지 "당장 가르쳐드리지요. 시간 괜찮으면 오늘 어떻습니까? 같이 가시지요. 요시카와 선생하고 둘이서만 가면 적적하니 같이 가십시다" 하고 열심히 권했다. 요시카와란 미술 선생으로, 앞서 말한 따리꾼을 말한다. 이 따리꾼은 무슨 꿍꿍이속인지 풀 방구리에 쥐 드나들 듯 빨간 셔츠 집에 아침저녁으로 드나들고 어디든 동행한다. 도저히 동료로는 보이지 않는다. 거의 주종관계다. 빨간 셔츠 행차에 따리꾼이 따라가는 거야 새삼 놀랄 일도 아니지만 둘이서 가면 될 일을 어째서 살갑게 굴지도 않는 나 같은 사람한테 권하는 것일까. 오만한 취미생활을, 그것도 자기가 물고기 낚는 모습을 내게 뽐내고 싶어 권하는 것이 틀림없다. 순순히 뽐내게 놔둘 내가 아니다. 다랑어 두세 마리쯤 낚는다 해도 눈 하나 깜짝 안 할 테다. 나 역시 사람이다. 아무리 서툴다고 해도 낚싯줄만 늘어뜨리고 있으면 뭐든 걸리겠지. 여기서 내가 가지 않으면 빨간 셔츠는 분명 가기 싫어서가 아니라 실력이 없어서 피하는 거라고 왜곡할 게 분명하다. 이런 생각이 들자 나는 결국 가겠다고 대답했다. 학교 일을 끝낸 후 일단 집으로 돌아가 채비하고 정류장에서 빨간 셔츠와 따리꾼을 만나 바다로 향했다. 뱃사공은 한 명이고, 배는 도쿄 부근에서는 본 적도 없는 좁고 기다란 모양이었다. 한참 동안 배 안을 둘러보는데 낚싯대가 하나도 보이지 않았다. 낚싯대도 없이 낚시할 요량은 아닐 테고, 어떻게 잡을 거냐고 따리꾼에게 물었더니 "바다낚시는 낚싯대를 안 씁니다. 낚싯줄만 씁니다" 하고 턱을 매만지며 마치 전문가라도 되는 양 말했다. 이렇게 찍소리 못할 줄 알았으면 차라리 가만히 있을 걸 그랬다.

뱃사공이 노를 쉬엄쉬엄 젓는 듯 보였는데도 숙련된 손놀림 덕에 뒤를 돌아보니 어느새 해변이 아득하게 보일 정도로 멀리 나와 있다. 고하쿠지라는 절의 오층탑이 숲 위로 빼꼼 삐져나와 바늘처럼 뾰족하다. 맞은편에는 아오시마가 떠 있다. 사람이 살지 않는 섬이라고 한다. 자세히 보니 돌과 소나무뿐이다. 돌과 소나무만 있어서야 사람이 살 수 없겠지. 빨간 셔츠는 멀리 내다보며 경치가 좋다는 말만 되풀이했다. 따리꾼은 "절경이네요" 하고 장단을 맞추었다. 절경인지 어떤지 모르겠지만 아무튼 기분은 좋았다. 앞이 탁 트인 바다 위에서 바닷바람을 쐬는 것은 몸에도 좋을 것 같았다. 공연히 배가 고팠다. "저 소나무 좀 보게. 줄기가 곧고 윗부분이 우산 모양으로 착 펼쳐진 것이 꼭 터너 그림 같지 않은가" 하고 빨간 셔츠가 따리꾼에게 말하자 따리꾼은 "암요, 그야말로 터너네요. 저렇게 구부러진 모양새가 쏙 빼닮았습니다. 터너 그림이랑 똑같습죠" 하고 의기양양하게 대답했다. 터너가 뭔지 몰랐지만 몰라도 문제 될 것 없으니 얌전히 있었다. 배는 섬을 끼고 오른쪽으로 빙 돌았다. 파도는 잔잔했다. 바다가 맞나 싶을 정도로 고요했다. 빨간 셔츠 덕분에 몹시 유쾌했다. 가능하다면 저 섬에 올라가 보고 싶어서 "바위 있는 데에는 배를 댈 수 없습니까?" 하고 물어보았다. "대지 못할 것도 없지만 낚시하기에 가파른 곳은 그리 좋지 않지요" 하고 빨간 셔츠가 이의를 제기했다. 나는 침묵을 지켰다. 그러자 따리꾼이 "어떻습니까? 교감 선생님. 앞으로 저 섬을 터너섬이라 부르지 않겠습니까?" 하고 뚱딴지같은 의견을 제시했다. 빨간 셔츠는 "좋은 생각이군, 앞으로 우리는 그리 부르기로 함세" 하고 찬성했다. 이 '우리'라는 단어에 나도 포함되는 것은 싫다. 나는 아오시마로 충분하다. "저 바위 위에 어떻습니까? 라파엘로의 마돈나를 두는 건. 한 폭의 절경이 될 것 같은데요" 하고 따리꾼이 말하자 "마돈나

이야기는 그만두게, 호호호호" 하고 빨간 셔츠가 의뭉스러운 웃음을 지었다. "아무도 없는데 뭐 어떻습니까" 하고 슬쩍 내 쪽을 보더니 일부러 외면하고는 히죽거리며 웃었다. 나는 왠지 불쾌한 기분이 들었다. 마돈나이든 마나님이든 내 알 바 아니니, 세우든 말든 자기들 마음대로 하면 그만이다. 하지만 사람이 모르는 이야기라고 들어도 상관없다는 식으로 지껄이다니. 천박하기 그지없다. 이러면서 본인은 자기도 도쿄 토박이라고 말하고 다닌다. 마돈나라는 건 분명 빨간 셔츠가 심심찮게 찾는 게이샤 별명일 것이다. 친한 게이샤를 무인도 소나무 아래 세워놓고 바라다보겠다니 기가 막힌다. 그것을 따리꾼이 유화로 그려서 전시회에 출품하면 장관이겠다.

이쯤이 좋을 거라며 뱃사공이 배를 멈춰 닻을 내렸다. 수심이 얼마쯤 되냐고 빨간 셔츠가 묻자, 10미터쯤 될 거라고 했다. "십미터라면 도미는 못 잡겠는걸"라고 말하면서 빨간 셔츠가 낚싯줄을 바다에 던졌다. 대장급 도미라도 낚을 생각인가 보다. 호기로운 사나이다. 따리꾼은 "교감 선생님 솜씨라면 충분히 잡고도 남지요. 게다가 파도도 잔잔하니까요" 하고 옆에서 목청을 높여 비위를 맞추면서 자기도 줄을 풀어 던졌다. 그런데 줄 끝에 낚싯봉 같은 납만 매달려 있을 뿐이다. 찌가 없다. 찌 없이 낚시하는 것은 온도계 없이 온도를 재는 것과 같다. 저래서야 잡을 수도 없을 것 같아 보고만 있는데 "자, 선생님도 해보시지요. 낚싯줄은 있습니까?" 하고 묻는다.

"줄은 얼마든지 있지만 찌가 없습니다."

"찌가 없어서 낚시를 못한다는 말은 초보자나 하는 말입니다. 이렇게 줄이 바닥에 닿았을 때 뱃전에서 검지에 온 신경을 집중한 채 때를 기다리는 거지요. 물면 바로 손에 느낌이 와요."

"앗, 물었다" 하고는 급히 줄을 감아올리기에 뭔가가 잡혔나 싶어 봤더니 아무것도 잡히지 않았고 미끼만 홀랑 없어졌다. 꼴좋다.

"교감 선생님, 참 아깝습니다. 틀림없이 대어였는데 교감 선생님 실력으로도 놓치는 걸 보면 오늘은 방심하면 안 될 것 같습니다. 그래도 교감 선생님은 놓치기라도 하시지, 찌하고 눈싸움만 하는 우리보다 훨씬 낫습니다. 이를테면 브레이크가 없으면 자전거를 못 타겠다고 투정 부리는 것과 다를 게 없지요."

따리꾼이 묘한 소리만 내뱉었다. 한 대 힘껏 갈겨주고 싶었다. 나도 사람이다. 교감 혼자 전세 낸 바다도 아닐 테고 광활한 곳이다. 다랑어 한 마리쯤 의리로라도 걸려주겠지, 하고 낚싯봉에 단 줄을 바다에 텀벙 던져 넣고는 손가락 끝으로 적당히 만지작거리고 있었다.

얼마쯤 지나자 뭔가가 툭툭 줄을 건드렸다. 나는 생각했다. 분명 이놈은 물고기다. 살아 있는 게 아니라면 이렇게 움찔거릴 리가 없다. 옳다구나. 잡았다, 하고 줄을 끙끙 감아올렸다. "아니,

잡으셨습니까? 나중 난 뿔이 무섭다더니" 하고 따리꾼이 빈정거리는 사이에 줄은 거의 다 올라와 1.5미터 정도만 물에 잠겨 있었다. 뱃전에서 내려다보니 금붕어처럼 줄무늬가 있는 물고기가 줄에 매달려 좌우로 팔딱거리며 끌려 올라온다. 재미있다. 수면으로 올라왔을 때 파닥대는 바람에 내 얼굴은 바닷물 범벅이 되었다. 간신히 붙잡아서 낚싯바늘을 빼내려고 하는데 쉬이 빠지지 않는다. 물고기를 잡은 손이 미끄덩거렸다. 비위가 상했다. 귀찮아서 줄을 흔들어 선실 쪽 바닥에 세차게 내던졌더니 이내 죽어버렸다. 빨간 셔츠와 따리꾼은 놀라서 쳐다보고만 있다. 나는 바닷물에 첨벙첨벙 손을 씻은 다음 코끝에 대고 냄새를 맡아보았다. 비린내가 훅 끼쳤다. 진저리가 날 지경이다. 뭐가 잡히든 더는 물고기를 만지고 싶지 않다. 물고기도 내가 만지는 걸 원치 않을 것이다. 부랴부랴 줄을 감아버렸다.

"개시를 한 건 대단하지만 잡은 게 고루키(용치놀래기를 말한다-역주)래서야 원" 하고 따리꾼이 또 시건방진 소리를 늘어놓는데 옆에 있던 빨간 셔츠가 "고루키라고 하니 마치 러시아 문학가 같은 이름(막심 고리키를 말한다-역주)이군요" 하고 허무맹랑한 말장난을 던졌다. "그러네요, 정말 러시아 문학가네요" 하고 따리꾼은 숨도 고르지 않고 맞장구를 친다. 오냐, 고루키는 러시아 문학가이고 마루키(마루키 리요를 말한다. 메이지 천황, 다이쇼 천황, 이토 히로부미 등 근대 일본사 인물 사진 대부분을 촬영한 당대 최고의 사진가이다-역주)는 일본 최초의 사진사고 고메노나루키(쌀이 나는 나무라는 뜻으로, 벼를 말한다-역주)는 생명의 근원이겠지. 이것도 빨간 셔츠의 고약한 버릇이다. 누구 앞에서건 외국인 이름을 들먹이려 한다. 사람은 저마다 전문 분야가 있게 마련이다. 나 같은 수학 교사가 고루키인지, 고로케인지 알게 뭔가. 조금은 남을 배려할 줄도 알아야지. 그렇게나 읊고 싶다면《프랭클린 자서전》혹은《푸싱 투 더 프론트Pushing to the Front》(오리슨 스웨트 마든의 저서로, 처세술에 관한 책이다-역주)처럼 나 같은 사람도 알 법한 이름을 거론해야지. 빨간 셔츠는 가끔 〈제국문학〉(1895년 1월에 창간된 학예잡지-역주)인가 뭔가 하는 새빨간 잡지를 학교에 들고 와서는 금이야 옥이야 아껴가며 읽곤 한다. 산골바람한테 물어보니 빨간 셔츠가 떠들어대는 외국인 이름은 죄다 그 잡지에서 나온단다. 이러니 〈제국문학〉도 문제다.

그 후 빨간 셔츠와 따리꾼은 그야말로 쌍심지선 눈으로 낚시를 했는데 약 한 시간 동안 둘이서 열대여섯 마리를 낚았다. 그런데 이상하게도 낚는 족족 전부 고루키였다. 도미는 지느러미도 보이지 않았다. 오늘은 그야말로 러시아 문학가 노다지판이라며 빨간 셔츠가 따리꾼에게 말하고 있다. "교감 선생님 실력으로도 고루키밖에 안 잡히는데 저 같은 놈이야 고루키밖에 못 잡지요. 당연한 이치입니다" 하고 따리꾼이 대답한다. 뱃사공에게 물어보니 고루키는 잔뼈가 많고 맛이 없어서 먹을 게 못 된다고 했다. 다만 거름으로는 쓸 수 있단다. 빨간 셔츠와 따리꾼은 열심히 거름을 낚고 있는 꼴이다. 가엾기 짝이 없다. 나는 한 마리 잡고는 넌더리가 났기에 선실 쪽 바닥에 발랑 드러누워 줄곧 하늘을 올려다보고 있었다. 낚시보다 이게 훨씬 풍류를 즐기는 일이다.

그러다 두 사람이 나지막한 목소리로 무언가 이야기하기 시작했다. 잘 들리지 않기도 했고 물론 듣고 싶지도 않았다. 나는 하늘을 바라다보면서 기요를 생각했다. 돈이 있어서 기요를 데리고 이렇게 아름다운 곳에 놀러 온다면 참으로 유쾌할 것이다. 아무리 경치가 좋은들 따리꾼 같은 놈과 같이 와서야 의미가 없다. 기요는 쭈글쭈글한 할멈이지만 어디를 데리고 가도 부끄럽지 않다. 따리꾼 같은 놈이랑은 마차를 타든 배를 타든 능운각(도쿄 아사쿠사 공원에 있었던 전망대. 도쿄 명소였으나 관동대지진 때 무너져 결국 철거되었다-역주)에 오르든 절대 같이 다니고 싶지 않다. 내가 교감이고 빨간 셔츠가 나였다면 따리꾼은 나한테 딱 붙어서 알랑방귀를 뀌고 빨간 셔츠를 놀려댔을 것이 분명하다. 흔히 도쿄 토박이를 경박하다고 말하는데 과연 이런 작자가 촌구석을 쏘다니며 "저는 도쿄 토박이입니다" 하고 떠벌리고 다니니 경박함은 도쿄 토박이고, 도쿄 토박이는 경박함을 뜻한다고 촌놈들이 생각할 수밖에 없다. 이런 생각을 하고 있는데 난데없이 두 사람이 키득키득 웃기 시작했다. 웃음소리 사이로 무얼 말하긴 하는데 띄엄띄엄 들려서 당최 알아들을 수가 없다.

"뭐? 글쎄……."

"…… 그렇다니까요. ……일지도 모르니까요…… 악행이지요."

"설마……."

"메뚜기를…… 정말이라니까요."

다른 말은 관심도 없었지만 메뚜기라는 단어가 따리꾼 입에서 나왔을 때는 나도 모르게 얼굴이 굳어졌다. 따리꾼은 무슨 무슨 이유에서인지 메뚜기라는 말만은 특별히 힘주어 또렷이 내 귀에 들리도록 말하고 그 뒤부터는 또 말끝을 흐렸다. 나는 꿈쩍도 하지 않았지만 계속 듣고 있었다.

"이번에도 그 홋타가……."

"그럴지도 모르지……."

"튀김 메밀국수…… 하하하하하."

"……선동해서……."

"경단도?"

대화는 이렇게 띄엄띄엄 들렸지만 메뚜기라느니 튀김 메밀국수라느니 경단 같은 단어로 미루어 짐작하건대 나에 대해서 숙덕공론하는 게 틀림없다. 이야기하려면 더 큰 소리로 하든가, 속닥질하려거든 나를 부르지 말든가. 주는 것 없이 미운 놈들이다. 메뚜기든 발떼기든 내가 잘못한 것은 없다. 교장이 일단 자기한테 맡기라기에 너구리의 체면을 봐서 지금은 참는 중이다. 따리꾼 주제에 별 객쩍은 참견을 다 한다. 붓이나 물고 얌전히 있을 것이지. 내 일은 조만간 내가 해결할 것이니 상관없지만 '이번에도 그 홋타가'라거나 '선동해서'라는 대목이 마음에 걸렸다. 홋타가 나를 선동해 큰 소동을 일으켰다는 뜻인지, 아니면 홋타가 학생들을 선동해서 나를 괴롭혔다는 건지 갈피를 잡을 수 없다. 높푸른 하늘을 보고 있자니 햇빛이 점점 약해지고 바람이 쌀랑하게 불기 시작했다. 맑은 하늘 위로 구름이 향 연기처럼 조용히 퍼져나가는가 싶더니 금세 온 하늘에 옅은 안개가 자욱하게 깔린 것처럼 변했다.

"이제 돌아갈까" 하고 빨간 셔츠가 문득 생각난 듯 말하자 "네, 마침 돌아갈 시간이네요. 오늘 밤에는 마돈나 님을 만나십니까?" 하고 따리꾼이 묻는다. "바보 같은 소리 말게. 남이 들으면 오해하겠어" 하고 뱃전에 기대고 있던 몸을 일으켜 고쳐 앉는다. "에헤헤헤, 괜찮아요. 들어봤자……" 하고 따리꾼이 뒤를 돌아봤을 때 나는 노기 서린 눈으로 그의 얼굴을 뚫어져라 쏘아보았다. 따리꾼은 눈이 부신다는 시늉을 하면서 부러 나뒹굴더니 "이야, 이거 두 손 들었네" 하고 목을 움츠리며 머리를 긁적였다. 뭐 저런 약아빠진 놈이 다 있나.

배는 잔잔한 바다 위를 가로질러 다시 해변으로 돌아간다. "선생님은 낚시를 별로 좋아하지 않는 것 같군요" 하고 빨간 셔츠가 묻기에 "네, 누워서 하늘을 바라보는 게 더 좋습니다" 하고 대답했다. 피우던 궐련을 바다에 휙 던졌다. 궐련이 치익 하는 소리를 내며 노 끝으로 갈라지는 물결 위를 둥둥 떠다녔다. "선생님이 와서 학생들도 아주 좋아하고 있으니 더욱 분발해주세요" 하고 이번에는 낚시와 전혀 무관한 이야기를 꺼냈다.

"별로 좋아하는 것 같지도 않던데요."

"아니, 인사치레로 하는 말이 아닙니다. 정말 좋아하고 있습니다. 그렇지요? 요시카와 선생."

"좋아하는 정도가 아니지요. 아주 신바람이 났습니다" 하고 따리꾼은 야릇한 웃음을 흘렸다. 이놈이 하는 말은 하나하나 비위에 거슬리니 참으로 묘하다. "하지만 조심하지 않으면 앞으로가 험난할 겁니다"라고 빨간 셔츠가 말하기에 "이미 험난한걸요. 이렇게 된 이상 험난함을 각오하고 있습니다"라고 말해주었다. 실제로 나는 내가 면직을 당하든, 기숙사생을 모조리 불러 모아 사과를 하게 만들든 둘 중 하나를 택할 각오였다.

"그리 말한다면 더 할 말은 없지만, 실은 저도 교감으로서 선생을 생각해 하는 말이니 나쁘게 받아들이지는 마세요."

"교감 선생님은 선생님에게 호의를 갖고 있어요. 저도 미흡하나마 같은 도쿄 토박이로서 아무쪼록 이 학교에 오래 있어주기를 바라고, 서로에게 힘이 됐으면 하는 마음에 이래 봬도 보이지 않는 곳에서 애를 쓰고 있답니다"라고 따리꾼이 사람다운 소리를 했다. 따리꾼에게 신세를 질 바에는 목을 매고 죽겠다.

“기왕 말이 나왔으니까 하는 얘긴데, 학생들은 선생님이 온 걸 대단히 반기고 있지만 거기에는 온갖 사정이 얽혀 있어서 말이지요. 분명 선생님도 화가 나는 일이 있겠지만 지금은 참을 때라고 생각하고 부디 견뎌주었으면 합니다. 결코 선생님에게 해가 되는 일은 없도록 할 테니까요.”

“온갖 사정이라니 어떤 사정입니까?”

“그게 조금 복잡하게 뒤얽혀 있는데 뭐 차차 알게 될 겁니다. 내가 굳이 말하지 않아도 자연스레 알게 될 거예요. 그렇지요? 요시카와 선생?”

“네. 여간 복잡해야 말이지요. 하루아침에는 도저히 알 수 없지요. 하지만 차차 알게 될 겁니다. 제가 이야기하지 않아도 자연스레 알게 될 겁니다” 하고 따리꾼은 빨간 셔츠와 같은 말을 올렸다.

“그리 까다로운 사정이라면 듣지 않아도 그만이지만 교감 선생님이 먼저 말을 꺼내셨으니 여쭙는 겁니다.”

“백번 지당하신 말씀입니다. 제가 먼저 말을 꺼내놓고 끝을 내지 않는 건 무책임한 처사겠지요. 그렇다면 이 말만 해두겠습니다. 선생님께는 실례되는 말이지만 이제 갓 졸업해서 교직생활도 처음 경험하지 않습니까. 그런데 학교라는 곳이 별의별 사정이 다 얽혀 있는 곳이라서 학생 때처럼 만사가 담백하게 돌아가지만은 않아요.”

"담백하게 돌아가지 않는다면 어떤 식으로 돌아간다는 겁니까?"

"자, 선생님은 그렇게 솔직하니까 아직 세상 물정을 모른다고 말하는 건데……."

"어차피 세상 물정에 어둡습니다. 이력서에도 썼지만 스물셋 해와 넉 달밖에 살지 않았으니까요."

"그러니까 생각지도 못한 데서 이용당하기도 한다는 거예요."

"정직하게만 살면 설령 이용을 당한다 해도 무섭지 않습니다."

"물론 무섭지 않지요. 무섭지는 않아도 이용당하는 겁니다. 실제로 선생님 전임자가 당했으니까 조심하라고 말하는 겁니다."

따리꾼이 얌전해졌다 싶어 뒤돌아보니 어느새 배 뒷발치에서 뱃사공과 낚시 이야기를 하고 있다. 따리꾼이 없으니 이야기하기가 한결 편해졌다.

"제 전임자가 누구한테 이용당한 겁니까?"

"누구라고 지목하면 그 사람의 명예가 실추되니 말은 못 합니다. 또 엄연한 증거가 있는 것도 아니어서 말하면 제가 난처해질 수도 있습니다. 어쨌든 기껏 이곳까지 오셨으니 여기서 잘못되면 우리도 선생님을 부른 보람이 없지 않겠습니까. 아무쪼록 조심해주세요."

"조심하라고 하시지만 지금보다 더 조심할 수는 없습니다. 나쁜 짓만 하지 않으면 되겠지요."

빨간 셔츠는 "호호호호" 하고 웃었다. 나는 딱히 우스갯소리를 한 기억은 없다. 지금까지 살아온 대로 하면 괜찮다고 굳게 믿고 있다. 가만 보면 세상 사람 대부분은 나쁜 일을 장려하는 것 같다. 나쁜 일을 하지 않으면 사회에서 성공하지 못한다고 믿고 있는 모양이다. 어쩌다 정직하고 순수한 사람을 보면 도련님이라는 둥 애송이라는 둥 트집을 잡아 경멸한다. 그렇다면 초등학교나 중학교에서 "거짓말하지 마라", "정직하게 행동해라" 하고 도덕 선생님이 가르치지 않는 편이 낫다. 차라리 큰맘 먹고 학교에서 거짓말하는 법이라든가 사람을 믿지 않는 기술이라든가 사람을 이용하는 비법을 가르치는 것이 이 세상을 위해서도, 당사자를 위해서도 도움 될 것이다. 빨간 셔츠가 "호호호호" 하고 웃은 것은 나의 단순함을 비웃은 것이다. 단순함이나 진솔함이 웃음거리가 되는 세상이라면 어쩔 도리가 없다. 기요는 이럴 때 결코 웃은 적이 없다. 크게 감탄하며 내 얘기를 들었다. 기요가 빨간 셔츠보다 훨씬 훌륭하다.

"물론 나쁜 짓을 하지 않으면 되겠지만, 자기 혼자 나쁜 짓을 하지 않는다 해도 타인이 일삼는 나쁜 짓을 파악하지 못한다면 역시 봉변을 당하는 법이지요. 세상은 언뜻 호락호락해 보이고 담백해 보이고 친절하게 하숙집을 소개해줘도 결코 방심할 수 없는 사람이 있으니까요…… 제법 쌀쌀해졌군요. 벌써 가을인가 봅니다. 해변 쪽은 안개에 젖어 암갈색이 되었네요. 멋진 경치입니다. 이보게, 요시카와 선생, 어떤가. 저 해변 경치는……" 하고 큰 소리로 따리꾼을 불렀다. "과연, 정말이지 흔하지 않은 절경이군요. 시간만 있으면 스케치를 할 텐데. 안타깝습니다. 이렇게 눈으로만 담기에는" 하고 따리꾼이 신나게 떠들어댔다.

미나토 여관 2층에 불이 하나 밝혀지고 기차 기적 소리가 치익, 하고 울릴 때 내가 타고 있던 배가 물가 모래밭에 뱃머리를 철퍼덕 밀어 넣으며 멈추었다. "일찍 돌아오셨네요" 하고 안주인이 해변에 서서 빨간 셔츠에게 인사한다. 나는 뱃전에서 얏, 하고 기합을 넣으며 모래밭에 뛰어내렸다.

6

따리꾼이 정말 싫다. 이런 놈은 맷돌을 매달아 바다 밑으로 던져버리는 게 나라를 위하는 일이다. 빨간 셔츠는 목소리가 마음에 들지 않는다. 그건 타고난 목소리를 일부러 상냥하게 보이게끔 꾸며내는 것이다. 아무리 꾸며대도 그 낯짝으로는 어림도 없다. 넘어가는 사람이 생겨도 마돈나 정도일 테다. 하지만 교감인 만큼 따리꾼보다는 어려운 말을 한다. 집으로 돌아와서 그놈이 한 말을 곱씹어보면 일단 지당한 말인 것 같기도 하다. 대놓고 말하지 않아 정확하게는 모르겠으나 산골바람이 좋지 않은 놈이니 조심하라고 말하고 싶었던 것 같다. 그렇다면 그렇다고 확실하게 딱 잘라 말하면 될 텐데 남자답지 않다. 그리고 그렇게 나쁜 교사라면 얼른 면직시키면 될 것 아닌가. 교감은 문학사 주제에 패기도 없다. 험담할 때조차 공공연하게 이름도 밝히지 못

하는 남자라면 겁보일 게 분명하다. 겁보는 친절한 법이니 빨간 셔츠도 여자처럼 친절한 것이다. 친절한 건 친절한 거고 목소리는 목소리니까 목소리가 마음에 들지 않는다고 친절함까지 나쁘게 생각해서는 이치에 맞지 않는다. 그렇다 해도 세상은 참 묘하다. 주는 것 없이 미운 놈이 친절하고, 마음 맞는 친구가 악당이라니 사람을 바보로 만든다. 아마 시골이라서 도쿄와는 모든 게 정반대로 돌아가는 모양이다. 흉흉한 곳이다. 이러다가는 불이 얼어붙고 돌이 두부가 될지도 모른다. 하지만 산골바람이 학생들을 선동한다니, 장난을 칠 사람 같지는 않은데 말이다. 학생들 사이에서 가장 인망이 높은 선생이라고 하니 마음만 먹으면 예사로 그런 일을 벌일 수도 있겠지만, 그렇게 번거롭게 할 것 없이 직접 나를 붙잡아 싸움을 걸면 덜 수고스러울 텐데. 내가 방해된다면 사실은 이렇고 저렇다, 방해되니까 사직해달라고 말하면 간단명료한 일이다. 무슨 일이든 의논하면 어떻게든 된다. 상대방 말이 타당하다면 내일이라도 당장 사직해주겠다. 밥벌이를 여기서만 할 수 있는 것도 아니다. 어디를 가든 길바닥에 쓰러져 죽지 않을 자신은 있다. 산골바람도 어지간히 융통성 없는 놈이다.

이곳에 왔을 때 제일 먼저 빙수를 사준 사람이 산골바람이다. 비록 빙수일지라도 겉과 속이 다른 놈에게 얻어먹다니 내 체면이 걸린 문제다. 딱 한 그릇만 먹었으니까 1전 5리만 빚을 진

셈이다. 하지만 1전이건 5리이건 사기꾼에게 신세를 져서야 죽어서도 마음이 편치 않을 것이다. 내일 학교에 가면 1전 5리를 되돌려주자. 나는 기요에게 3엔을 빚졌다. 그 3엔은 오 년이 지난 지금까지 갚지 않았다. 갚을 수 없는 게 아니라 갚지 않는 것이다. 기요는 '곧 갚겠지' 하며 장난으로도 내 주머니 사정을 살피거나 하지는 않는다. 나도 '빨리 갚아야지' 하면서 마치 남인 양 의리 타령을 할 생각은 없다. 내가 그런 걱정을 하면 할수록 기요의 마음을 의심하는 것으로, 기요의 청렴한 마음을 더럽히는 것과 같다. 돈을 갚지 않는 것은 기요를 업신여겨서가 아니다. 나를 구성하는 한 조각으로 여기기 때문이다. 기요와 산골바람은 애당초 비교 대상이 안 되지만 빙수든 수국차든 타인에게 신세를 지고도 가만히 있는 것은 상대방을 제 몫을 하는 한 사람으로 인정한다는 뜻이고 그 사람에게 호의를 표하는 행동이다. 각자 돈을 내면 그뿐인데 신세를 져서 속으로 고마워하는 것은 돈으로도 살 수 없는 보답인 셈이다. 나는 이룬 것도, 내세울 만한 지위도 없지만 앞가림은 할 줄 아는 독립적인 인간이다. 독립적인 인간이 머리를 숙이는 것은 백만 냥보다 더 값진 사례라고 여길 줄 알아야 한다.

나는 이래 봬도 산골바람에게 1전 5리를 대신 내게 하고 백만 냥보다 더 값진 보답을 했다고 생각했다. 산골바람은 고마운 줄 알아야 한다. 그런데 뒤돌아서서 비열한 짓을 하다니 순 몹

쓸 놈이다. 내일 가서 1전 5리를 갚아버리면 줄 것도 받을 것도 없다. 그런 다음 한판 붙어야겠다.

여기까지 생각하자 졸음이 얼기설기 밀려와서 쿨쿨 잠들어 버렸다. 이튿날은 이런 까닭에 여느 때보다 일찍 학교에 나가 산골바람을 기다렸다. 그런데 좀처럼 나타나지 않았다. 끝물 호박이 들어왔다. 한문 선생이 들어왔다. 따리꾼이 들어왔다. 마지막으로 빨간 셔츠까지 들어왔지만 산골바람 책상에는 분필 하나만 세로로 놓여 있을 뿐 한적하다. 나는 교무실에 들어가자마자 갚을 생각으로 집을 나설 때부터 목욕탕에 갈 때처럼 1전 5리를 손에 꼭 쥐고 학교까지 왔다. 나는 손에 땀이 많은 편이라 손을 펼쳐보니 1전 5리가 땀으로 흥건했다. 땀에 흠뻑 젖은 돈을 주면 산골바람이 한마디 할 것 같아 책상 위에 놓고 푸우푸우, 입으로 바람을 불고 다시 손에 쥐었다. 그때 마침 빨간 셔츠가 와서 "어제는 실례가 많았습니다. 고단했지요?"라고 말하기에 "고단하지 않았습니다. 덕분에 배는 좀 고팠습니다" 하고 대답했다. 그러자 빨간 셔츠가 산골바람 책상 위에 팔을 괴고 그 넙데데한 얼굴을 내 코 옆에 바짝 들이대기에 뭘 하려나 싶었는데 "어제 돌아오는 길에 배에서 한 이야기는 비밀로 해주세요. 아직 아무한테도 말하지 않았겠지요?" 하고 말했다. 계집애 같은 목소리를 내는 만큼 자질구레한 일까지 걱정하는 남자인 모양이다. 아무에게도 말하지 않은 건 맞다. 하지만 이제부터 이야기할 작정으로 이미 1전 5리를 손바닥 위에 준비해둔 상황이라 여기서 빨간 셔츠에게 입막음을 당하면 좀 난감하다. 빨간 셔츠도 빨간 셔츠다. 산골바람이라고 밝히지만 않았지 바로 풀 수 있는 수수께끼를 던져놓고 이제 와서 그 수수께끼를 풀면 난처하다니, 교감이라는 자가 어떻게 이리도 무책임하단 말인가. 원래는 내가 산골바람과 한창 전쟁을 치르고 있을 때 나타나서 당당히 내 편을 들어줘야 바람직하다. 그게 바로 한 학교의 교감이라는 것일 테고, 또 빨간 셔츠를 입고 다니는 취지도 살릴 수 있는 것이다.

나는 교감에게 아직 아무한테도 말하지 않았지만, 지금부터 산골바람과 담판을 지을 생각이라고 말했더니 빨간 셔츠는 몹시 당황하면서 "선생님, 그런 무모한 짓을 하면 곤란합니다. 저는 홋타 선생에 대해서 뭐라고 말한 기억은 없으니까요. 선생님이 만약 여기서 난폭하게 군다면 저에게 피해를 주는 겁니다. 학교에 행패를 부리려고 온 게 아니지 않습니까?" 하고 말도 안 되는 상식 밖의 질문을 하기에 "당연합니다. 꼬박꼬박 월급도 받으면서 소동까지 일으킨다면 학교 측도 곤란할 테지요" 하고 말했다. 그러자 빨간 셔츠는 "그럼 어제 일은 선생님이 참고만 하고 입 밖으로는 꺼내지 않을 거지요?" 하고 진땀을 빼며 부탁하기에 "좋습니다. 저도 곤란하지만 그렇게 교장 선생님께 누가 된다면 그만두겠습니다" 하고 받아들였다. "저랑 약속하시는 거지요?" 하고 빨간 셔츠는 거듭 확인했다. 세상에 얼마나 더 계집

애처럼 굴려고 이러나. 문학사라는 작자가 모두 이런 사람들뿐이라면 정말 한심하다. 이치에 맞지 않고 비논리적인 요구를 서슴지 않고 한다. 그러면서 이런 나를 의심하려 든다. 외람되나마 나는 대장부다. 한 입으로 두말하는 비열한 행동을 할까 보냐.

그러는 사이 양옆의 책상 주인들이 출근해서 빨간 셔츠는 부랴부랴 자기 자리로 돌아갔다. 빨간 셔츠는 걸음걸이부터 거드름이 배어 있다. 교무실 안을 돌아다닐 때도 소리가 나지 않게끔 구두 바닥을 사뿐히 내려놓는다. 소리를 내지 않고 걷는 것이 자랑거리가 된다는 사실을 여기 와서 처음 알았다. 도둑질 연습하는 것도 아니고 편하게 걸으면 될 텐데. 이윽고 수업 시작을 알리는 종이 울렸다. 산골바람은 끝내 나타나지 않았다. 하는 수 없이 1전 5리를 책상 위에 두고 교실로 들어갔다.

1교시 수업이 길어지는 바람에 조금 늦게 교무실로 돌아왔더니 다른 교사들은 모두 자리에 앉아 담소를 즐기고 있었다. 산골바람도 어느새 와 있었다. 결근인 줄 알았는데 지각을 한 것이다. 내 얼굴을 보자마자 "오늘은 자네 덕에 지각했네. 벌금을 내게" 하고 말했다. 나는 책상 위에 있던 1전 5리를 내밀며 "이걸 줄 테니 받아두게. 지난번 시내에서 먹은 빙수값일세" 하고 산골바람 앞에 두었더니 무슨 소리를 하냐며 웃음을 터뜨렸지만 내가 예상외로 웃음기가 걷힌 얼굴을 하고 있자 객쩍은 소리를 다 한다며 돈을 내 책상 위에 고스란히 밀어놓았다. 나 참, 산골바람 주제에 끝까지 한턱내겠다는 거군.

"농담이 아니고 진담이네. 나는 자네한테 빙수를 얻어먹을 까닭이 없으니 내 몫을 내는 거네. 안 받을 이유가 없지 않은가?"

"일 전 오 리가 그리 마음에 걸린다면야 받아두겠네만 왜 불현듯 생각났다는 듯이 이제 와 갚겠다는 건가?"

"이제든 그제든 갚겠네. 얻어먹는 게 싫으니 갚겠다는 걸세."

산골바람은 차게 식은 표정으로 내 얼굴을 보더니 흥, 하고 콧방귀를 뀌었다. 빨간 셔츠가 부탁만 하지 않았더라면 여기서 산골바람의 비열함을 만천하에 폭로하고 대판 싸움이라도 벌였겠지만 입 밖에 꺼내지 않기로 약속한 터라 어찌할 수가 없었다. 사람이 이렇게 얼굴이 벌게질 정도로 화가 나 있는데 흥이면 다인 줄 아나.

"빙수값은 받을 테니 하숙집은 나가주게."

"일 전 오 리를 받으면 그걸로 끝이지 하숙집을 나가든 말든 그건 내 마음일세."

"자네 마음이 아니네. 어제 하숙집 바깥주인이 와서는 자네가 나가주었으면 좋겠다고 하기에 그 이유를 물었더니 주인이 하는 말도 일리가 있더군. 그래도 다시 한번 확인해보려고 오늘 아침 하숙집에 들러 자초지종을 듣고 오는 길이야."

나는 산골바람이 하는 말이 무슨 뜻인지 도무지 알아들을 수가 없었다.

"바깥주인이 자네에게 무슨 말을 했는지 내 알 바 아니네. 그렇게 멋대로 결정하다니 그런 법이 어디 있나? 이유가 있다면 그 이유를 대는 게 순서 아닌가. 다짜고짜 바깥주인 말만 듣고 일리가 있다니, 그런 무례하기 짝이 없는 소린 하지 말게."

"그래, 그렇다면 말해주지. 자네가 매사 경거망동하니 하숙집에서 곤란하다고 하소연했네. 아무리 하숙집 마누라일지언정 하녀가 아닐세. 발을 내밀고 닦게 하다니 아주 가관이군."

"내가 언제 하숙집 마누라한테 발을 닦게 했단 말인가?"

"닦게 했는지 어쨌는지는 모르겠지만 아무튼 집주인이 자네 때문에 골머리를 앓고 있네. 방값 십 엔이나 십오 엔은 족자 한 폭만 팔아도 손에 쥘 수 있다던데."

"시건방진 소리를 지껄이는 놈이군. 그럼 왜 하숙 따위를 받은 게야."

"왜 받았는지는 나도 모르네. 받긴 받았지만 싫어졌으니 나가달라는 거겠지. 그러니 나가주게."

"물론이지. 제발 있어달라고 사정해도 나가고말고. 그런 생트집이나 잡는 곳을 소개한 자네부터가 괘씸하군."

"내가 괘씸하거나 자네가 점잖지 못했거나 둘 중 하나겠지."

산골바람도 나 못지않게 욱하는 성질이라 지지 않으려 큰 소리를 냈다. 교무실에 있던 사람들은 무슨 일이 났나 싶어 죄다 턱을 길게 빼고는 나와 산골바람 쪽을 우두망찰 지켜보고 있다.

나는 별로 부끄러운 일을 했다고 생각하지 않았기 때문에 자리에서 일어나면서 교무실 안을 쭉 둘러보았다. 모두 놀란 얼굴인데 따리꾼만 재미있다는 듯 웃고 있었다. 내가 커다란 눈을 부릅뜨고 네놈도 한판 붙어볼 테냐, 하고 매섭게 호리병박 같은 따리꾼 얼굴을 쏘아보자, 따리꾼은 돌연 진지한 표정을 지으며 어물어물 자기 몸을 사렸다. 조금 무서웠나 보다. 그사이 수업 종이 울렸다. 산골바람도 나도 싸움을 멈추고 교실로 향했다.

오후에는 지난밤 내게 불손하게 군 기숙사생 처분 문제를 두고 회의가 열렸다. 회의는 난생처음이라 어떻게 진행되는지 전혀 모르지만, 교직원들이 잔뜩 모여 제멋대로 의견을 내면 그걸 교장이 적당히 정리하는 식일 테다. 정리한다는 것은 흑백을 가리기 어려운 일에 사용하는 말이다. 누가 봐도 발칙한 이번 사건을 회의까지 하는 것은 시간 낭비다. 누가 어떻게 해석해도 다른 견해가 나올 리 없다. 이렇게 명백한 건은 그 자리에서 교장이 처분해버리면 그만이다. 정말이지 결단력이 없다. 교장이라는 자가 이렇게 미적지근해서야. 교장을 다른 말로 하면 굼벵이인가.

회의실은 교장실 옆에 있는 길고 좁다란 방이었는데, 평상시에는 식당으로 쓰인다. 검은 가죽 의자 스무여 개가 긴 테이블 주위로 죽 늘어서 있는데 꼭 간다에 있는 변변찮은 서양 요릿집 같은 분위기다. 그 테이블 끄트머리에 교장이 앉고 교장 옆에는 빨간 셔츠가 자리 잡았다. 나머지는 각자 마음대로 앉는데 체육 교사만은 항상 겸손하게 말석에 앉는다고 한다. 나는 상황을 잘 모르니 과학 교사와 한문 교사 사이에 들어가 앉았다. 맞은편을 보니 산골바람과 따리꾼이 나란히 앉아 있다. 따리꾼 얼굴은 어떻게 뜯어봐도 못생겼다. 싸우기는 했지만 산골바람 쪽이 월등히 정취가 배어 있다. 아버지 장례식 때 고비나타에 있는 요겐지라는 절의 객실에 걸려 있던 족자 속 인물을 쏙 빼닮았다. 스님에게 물으니 위타천(무서운 얼굴을 한 불법 수호신으로 발이 매우 빠르다-역주)이라는 괴물이라고 했다. 오늘은 화가 나 있어서 그런지 눈깔을 뒤룩뒤룩 굴리며 가끔 내 쪽을 본다. 그런다고 내가 퍽이나 겁먹을 것 같으냐며 나도 질세라 똑같이 눈깔을 휘굴리며 산골바람을 이글이글 쏘았다. 내 눈은 잘생긴 편은 아니지만 크기만큼은 누구에게도 지지 않는다. "도련님은 눈이 커서 배우가 되면 분명 잘 어울릴 거예요" 하는 이야기를 기요한테서 귀에 못이 박히도록 들었을 정도다.

"이제 거의 다 모이셨나요?" 하고 교장이 말하자 서기인 가와무라라는 사람이 "하나, 둘" 하며 머릿수를 세더니 한 명이 부족하다고 했다. 한 명이 부족하다고 생각하고 있었으니 그럴 수밖에 없다. 끝물 호박이 오지 않았다. 나와 끝물 호박은 전생에 무슨 인연이 있었는지, 이 사람의 얼굴을 본 이후부터 머릿속에서 떠나지 않는다. 교무실에 들어가면 끝물 호박이 가장 먼저 눈에 들어오고 길을 걷다가도 끝물 호박의 모습이 눈에 삼삼하다. 온천에 가면 가끔 끝물 호박이 창백한 얼굴로 탕 안에 퉁퉁 불어 있다. 인사를 건네면 "네" 하며 황송한 듯 머리를 숙이기 때문에 연민을 느꼈다. 학교에서 끝물 호박만큼 점잖은 사람은 없다. 좀처럼 웃지도 않지만, 쓸데없는 군말도 하지 않는다. 나는 군자라는 단어를 책에서 읽어 알고 있었는데 이는 사전에만 있을 뿐 살아 있는 인간은 아닐 거라 여겼다. 그런데 끝물 호박을 만나고 나서는 실체가 있는 단어라는 걸 깨닫고 감탄했을 정도다.

이처럼 인연이 깊은 사람인 만큼 회의실에 들어오자마자 끝물 호박이 없다는 것쯤은 단박에 알아챘다. 실은 그 사람 옆에 앉아볼까, 하고 마음속으로 정하고 왔을 정도다. 교장은 "곧 오시겠지요" 하고 자기 앞에 있는 보라색 비단 보자기를 풀더니 등사판으로 찍어낸 듯한 종이를 꺼내 읽고 있다. 빨간 셔츠는 호박 파이프를 비단 손수건으로 닦기 시작했다. 이게 이 남자의 취미다. 빨간 셔츠만 입는 것과 맞먹는 취미인 셈이다. 다른 사람들은 옆 사람과 두런거리고 있다. 딱히 할 일이 없어 따분해진 사람은 연필 끝에 달린 지우개로 테이블 위에 끊임없이 무언가를 쓰고 있다. 따리꾼은 때때로 산골바람에게 말을 거는데 산골바람은 아무 반응이 없다. 그저 "응" 혹은 "아아"라고만 말하다가 간혹 매서운 눈으로 내 쪽을 본다. 나도 질세라 눈을 부라렸다.

그때 기다리던 끝물 호박이 미안한 표정을 지으며 들어와 "일이 생겨서 늦었습니다" 하고 정중히 너구리에게 인사를 했다. "그럼 회의를 시작하겠습니다" 하고 너구리는 우선 서기를 맡은 가와무라 선생에게 등사판으로 찍은 종이를 배부하게 했다. 살펴보니 첫 번째가 처분 건, 다음이 학생 단속 건, 그밖에 두세 가지 안건이 더 있었다. 너구리는 언제나처럼 거드름을 피우며 교육의 화신이라도 되는 양 다음과 같은 말을 했다.

"선생님과 학생들에게 과실이 있는 것은 모두 제가 부덕한 탓으로, 학교에 사건이 생길 때마다 저는 이러면서 잘도 교장 자리를 지키고 있구나, 하고 참괴로 범벅된 감정에 휩싸입니다. 유감스럽게도 이런 소동이 일어난 데 대해 여러분께 깊이 사죄를 드리고자 합니다. 하지만 일단 일어난 이상 어쩔 수 없이 어떤 처분이든 내려야 합니다. 이번 사건의 구체적인 사정은 여러분이 알고 있는 대로이니, 선후책에 대해 참고할 만한 의견을 기탄없이 말씀해주시길 바랍니다."

나는 교장의 말을 듣고 '교장인지 너구리인지 말솜씨가 보통이 아니구나' 하며 감탄했다. 이렇게 교장이 뭐든 책임을 지고 자기 허물이라느니 부덕이라느니 말할 바에는 학생을 처분하는 일은 그만두고 본인부터 먼저 사직하는 것이 좋을 것 같다. 그러면 이런 달갑지 않은 회의를 열 필요도 없어진다. 무엇보다 상식적으로 생각해봐도 알 수 있다. 내가 얌전히 당직을 섰다. 학생들이 난동을 부렸다. 나쁜 건 교장도 아니고 나도 아니고 당연히 학생들이다. 만약 산골바람이 선동했다면 학생들과 산골바람을 내쫓으면 그것으로 충분하다. 남의 흠을 스스로 떠맡고는 내 흠이다, 내 흠이다, 하고 떠들어대는 자가 이 세상 어디에 있단 말인가. 너구리가 아니면 할 수 없는 대단한 재주다. 그는 이처럼 조리에 맞지 않는 말을 하고 득의양양하게 모두를 둘러보았다. 그런데 입을 여는 사람이 아무도 없다. 과학 교사는 제1교사 지붕에 앉아 있는 까마귀를 바라보고 있다. 한문 선생은 등사판으로 찍은 종이를 바스락거리며 접었다 폈다를 반복하고 있다. 산골바람은 아직도 내 얼굴을 노려보고 있다. 회의라는 게 이토록 허망한 거였더라면 결석하고 낮잠이라도 자는 편이 나았겠다.

나는 복장이 터져 제일 먼저 열변을 쏟아내려고 반쯤 엉덩이를 들었는데 빨간 셔츠가 무언가 말하기 시작해서 그만두었다. 봤더니 파이프를 집어넣고 줄무늬 비단 손수건으로 얼굴을 닦으며 무슨 말을 하고 있다. 저 손수건은 마돈나에게서 빼앗은 게 틀림없다. 자고로 남자는 흰 모시 손수건을 쓰는 법이다.

"저도 기숙사생들이 일으킨 소동을 듣고 교감으로서 주의가 몹시 미흡했던 점과 평소에 덕행으로 소년들을 가르치지 못한 점을 심히 부끄럽게 여기고 있습니다. 그런데 이런 문제는 뭔가 결함이 있을 때 벌어지는 일로, 사건 자체만 보면 어쩐지 학생들만 잘못한 것 같지만 그 진상을 자세히 따져보면 책임은 도리어 학교 측에 있을지도 모릅니다. 그러니 표면에 드러난 한 부분만 보고 엄중한 제재를 가하면 아이들 앞날을 고려했을 때도 좋지 않다고 생각합니다. 또한 한창 혈기 왕성한 때라 선악을 구별하지 못하고 반쯤 무의식적으로 이 같은 나쁜 장난을 저지른 것일 수도 있습니다. 어떤 처분을 내릴지는 본디 교장 선생님께서 결정하실 일이니 제가 참견할 바는 아닙니다만, 아무쪼록 그 부분을 참작하셔서 되도록 관대한 조처를 바라는 바입니다."

과연 너구리도 너구리지만 빨간 셔츠도 빨간 셔츠다. 학생들이 날뛰는 것은 학생 잘못이 아니라 교사 잘못이라고 공언하고 있다. 미치광이가 사람 머리를 후려갈기는 것은 맞을 만한 짓을 했으니 미치광이가 때렸다는 말인가. 그것참 영광이옵니다. 혈기가 넘쳐 주체하지 못하겠다면 운동장에 나가 스모라도 할 것이지, 반쯤 무의식 상태에서 이불 속에 메뚜기를 넣은 걸 어찌 참으란 말인가. 이래서야 자는 사람 목을 베어도 반무의식적으로 한 일이라며 용서해줄 기세다.

나는 이런 생각을 하면서 뭐라도 말해야겠다 싶었다. 이왕 말할 거라면 사람들이 깜짝 놀랄 만큼 청산유수 같은 말솜씨로 말해야 하는데 나라는 사람은 화가 났을 때 말을 하면 두세 마디만 해도 꼭 말문이 턱 막히는 버릇이 있다. 너구리도 빨간 셔츠도 사람 됨됨이만 따지면 나보다 뒤떨어져도 말재주만큼은 탁월하니 괜히 잘못 말했다가 말꼬리를 잡고 늘어지면 골치 아프다. 잠시 복안을 세워보고자 마음속으로 문장을 만들기 시작했다. 그때 앞에 있던 따리꾼이 돌연 벌떡 일어서는 바람에 깜짝 놀랐다. 따리꾼 주제에 의견을 내세우다니 건방지다. 따리꾼은 실실대는 평소 말투로 말했다.

"사실 이번 메뚜기 사건 및 고함 사건은 우리 의식 있는 교직원들에게 우리 학교의 앞날에 대해 넌지시 기우를 품게 하기 부족함 없는 막중대사로, 우리 교직원들은 이 일을 계기로 스스로 되돌아보고 전 교내 풍기를 진숙하지 않으면 안 됩니다. 따라서 지금 교장 선생님 및 교감 선생님께서 말씀하신 의견은 실로 급소에 일침을 가하는 의견으로, 저는 철두철미 찬성하는 바입니다. 부디 아무쪼록 관대한 처분을 앙망하나이다."

따리꾼이 한 말은 언어이긴 하지만 내용도 없고 그저 한자어만 진열했을 뿐 도통 알아들을 수가 없다. 알아들은 말은 철두철미 찬성한다는 말뿐이다.

나는 따리꾼이 하는 말이 무슨 의미인지 알 길이 없었지만, 왠지 모를 부아통이 터져 읊을 문장을 다 만들기도 전에 벌떡 일어나버렸다. "저는 철두철미 반대합니다……" 하고 운을 띄웠지만 뒷말이 따라 나오지 않았다. "……그런 엉터리투성이 처분은 정말 싫습니다" 하고 떠듬떠듬 덧붙이자, 모든 교직원이 와르르 웃음을 터뜨렸다. "응당 학생이 전부 잘못한 겁니다. 무조건

용서를 빌게 하지 않으면 버릇이 될 겁니다. 퇴학시켜도 상관없습니다. ……뭡니까, 무례하게. 새로 온 교사라고……" 말하고는 자리에 앉았다. 그러자 오른쪽에 앉아 있던 과학 선생이 "학생이 잘못한 것도 맞지만 너무 엄중한 벌을 내리면 되레 반발하겠지요. 역시 교감 선생님 말씀대로 관대한 쪽에 찬성합니다" 하고 약한 소리를 했다. 왼쪽에 앉아 있던 한문 선생도 온건한 처벌에 찬성이라고 말했다. 역사 선생도 교감과 같은 의견이라고 했다. 분하다. 선생들 대부분은 빨간 셔츠와 한통속이다. 이런 작자들이 한데 모여 학교를 꾸려가고 있으니 더는 바랄 것도 없다. 나는 학생들에게 사과를 받든 학교를 그만두든 둘 중 하나라고 마음을 굳혔기 때문에 만약 빨간 셔츠가 승리를 거머쥔다면 곧장 하숙집으로 달려가 짐을 쌀 각오였다. 어차피 이런 무리와 입씨름을 벌여 굴복시킬 솜씨도 없고 굴복시킨다 한들 매일 얼굴을 마주하는 것은 내가 싫다. 내가 학교에 없다면 어떻게 되건 내 알 바 아니다. 또 무슨 말을 하면 웃을 게 뻔하다. 누가 말하나 봐라, 하고 입을 앙다물었다.

그때 지금까지 묵묵히 듣고만 있던 산골바람이 분연히 일어섰다. 그래, 네놈도 빨간 셔츠 의견에 찬성한다고 하겠지. 어차피 네 녀석하고는 싸움박질이다. 멋대로 해라, 하고 보고 있는데 산골바람은 유리창이 흔들릴 만큼 힘찬 목소리로 말했다.

"저는 교감 선생님 및 그 외 다른 선생님들의 말씀에 전혀 동의할 수 없습니다. 왜냐하면 이 사건은 어떻게 보나 기숙사생 오십여 명이 신규 교사 모 씨를 업신여기고 우롱하기 위해 저지른 소행으로밖에 볼 수 없기 때문입니다. 교감 선생님께서는 그 원인을 교사의 인물 됨됨이에서 찾으려고 하시는데, 외람되오나 그건 실언인 것 같습니다. 모 씨가 당직을 선 것은 부임한 지 얼마 지나지 않았을 때의 일로, 아직 학생들과 만난 지 채 이십 일도 되지 않았을 때입니다. 이 짧은 이십 일 동안 학생들이 해당 교사의 학문이나 인물 됨됨이를 평가할 수 있을 리 없습니다. 멸시받을 마땅한 이유가 있어 멸시받았다면 학생들의 행위를 참작해줄 수도 있겠지만, 아무런 이유도 없이 신규 선생님을 우롱한 경박한 학생들에게 관대하게 처분하는 것은 학교 위신과도 결부된다고 생각합니다. 교육의 정신은 단순히 학문만 가르치는 것이 아니라, 고상하고 정직하며 무사다운 기백을 고취함과 동시에 야비하고 경솔하며 난폭하고 오만한 악습을 소탕하는 것에 있다고 생각합니다. 만약 반발이 무섭다느니 소동이 커질 것 같다느니 하면서 임시방편으로 모면하려 하는 날엔 이 폐습을 언제 바로잡을 수 있을지 알 수 없습니다. 바로 이런 폐습을 발본하기 위해 저희는 이 학교에 종사하고 있는 것으로, 이를 눈감아줄 정도라면 처음부터 교사가 되지 말았어야 합니다. 저는 이 같은 이유로 기숙사생 일동을 엄벌에 처하는 동시에 해당 교사 앞에서 공식적으로 사죄를 하는 것이 온당한 조치라 봅니다."

그렇게 말을 맺으면서 의자에 쿵 하고 앉았다. 모두 입을 꾹 다물고 아무 말도 하지 않는다. 빨간 셔츠는 다시 파이프를 닦기 시작했다. 나는 무척 기뻤다. 내가 말하고 싶었던 바를 나 대신 산골바람이 모두 말해준 셈이다. 나는 이렇게 단순한 인간이라 지금까지의 싸움은 까맣게 잊고 대단히 고마워하는 얼굴을 하고 자리에 앉은 산골바람 쪽을 봤는데 산골바람은 시치미를 떼고 있다.

잠시 후 산골바람이 또 일어섰다.

"방금 잠시 망각하고 빠트린 부분이 있어 말씀드리고자 합니다. 그날 밤 당직 교사는 당직 중에 외출하여 온천에 가셨던 모양인데 그것은 당치도 않은 일입니다. 한 학교를 지키는 역할을 맡아놓고는 아무리 책망하는 사람이 없다고 해도 그렇지, 다른 곳도 아닌 온천에 몸을 담그러 가다니 크나큰 잘못을 범한 것입니다. 학생 건은 학생 건이고, 이 점에 대해서는 교장 선생님께서 특별히 책임자에게 주의를 주시길 희망합니다."

묘한 놈이다. 칭찬을 하나 싶었는데 곧바로 남의 실책을 폭로한다. 나는 지난번 당직 선생이 외출한 것을 보고 별생각 없이 그래도 되는구나 싶어 무심코 온천에 갔을 뿐이지만, 과연 듣고 보니 내가 잘못했다. 공격받아도 변명할 여지가 없다. 나는 다시 일어서서 "저는 틀림없이 당직을 서다가 온천에 갔습니다. 이는 정말 잘못한 일입니다. 사과드립니다" 하고 말한 뒤 자리에 앉았더니 모두가 또 웃음을 터뜨렸다. 내가 무슨 말만 하면 웃는다. 싱거운 놈들이다. 네놈들은 이렇게 자기 잘못을 공개적으로 잘못했다고 단언할 수 있는가. 할 수 없으니까 웃는 것이겠지.

그러자 교장은 "이제 더 의견은 없는 듯하니 심사숙고 끝에 결정하겠습니다" 하고 말했다. 말하는 김에 그 결과를 말하자면 기숙사생들은 일주일간 외출 금지 처분을 받은 데다가 내 앞에 와서 사죄했다. 사죄하지 않았다면 그 자리에서 사직하고 도쿄로 돌아갔을 텐데 엉겁결에 내가 말한 대로 되는 바람에 오히려 나중에 더 큰 일이 벌어지고 말았다. 그 일은 차차 말하겠지만 교장은 이때 회의를 이어가겠다고 말하고는 이런 말을 했다. 학생들의 예의범절은 교사가 모범을 보여 바로잡아야 한다. 첫 번째 방법으로 교사는 되도록 음식점 같은 데 출입하지 않기를 바란다. 물론 송별회처럼 특별한 경우는 별개지만 혼자서 품위 없는 장소에 가는 일은 삼가도록 한다. 이를테면 메밀국숫집이라든지 경단 가게라든지, 하고 말하는데 이 대목에서 또 모두가 웃었다. 따리꾼이 산골바람을 보고 "튀김 메밀국수"라고 말하며 눈짓을 보냈는데 산골바람은 상대도 하지 않았다. 꼴좋다.

나는 머리가 나쁜 터라 너구리가 하는 말을 다 알아들을 수는 없었지만 메밀국숫집과 경단 가게에 간다고 중학교 선생 노릇을 할 수 없다면 나 같은 먹보는 도저히 버틸 수 없을 거라는 생각이 들었다. 만일 그렇다면, 그래도 상관없으니, 처음부터 메밀국수와 경단을 싫어하는 사람이라는 조건을 달아 구하면 될 일이다. 아무 말 없이 임명해놓고 메밀국수를 먹지 마라, 경단을 먹지 마라, 하고 무자비한 선포를 하는 것은 나처럼 별다른 취미가 없는 사람에게는 엄청난 타격이다. 그때 빨간 셔츠가 또 끼어들었다.

"중학교 교사는 원래 상류층에 속하는 만큼 단순히 물질적인 쾌락만 추구해서는 안 됩니다. 그런 쪽에 빠지면 결국 품성에 나쁜 영향을 미치니 말입니다. 하지만 인간이기에 무언가 오락거리가 없으면 이 좁디좁은 시골에 내려와서 도저히 견뎌낼 수 없겠지요. 그래서 낚시하러 간다거나 문학서를 읽는다거나 혹은 신체시나 하이쿠(5·7·5의 3구 17음절로 된 일본 고유의 단시로, 계절을 나타내는 시어가 반드시 들어가야 한다-역주)를 짓는다거나, 뭐든 고상하고 정신적인 오락을 찾아야만……."

잠자코 듣고 있자니 제멋대로 열변을 쏟아내고 있다. 바다에 나가 거름을 낚거나 고루키가 러시아 문학가이거나 친한 게이샤가 소나무 아래 서 있거나 유구한 못에 개구리 뛰어들거나(마쓰오 바쇼의 하이쿠. '유구한 못에 / 개구리 뛰어드는 / 참방 물소리(5·7·5)'의 시구를 인용했다-역주) 하는 것이 정신적 오락이라면 튀김 메밀국수를 먹고 경단을 먹는 것도 정신적 오락이다. 그런 시답잖은 오락을 가르칠 시간에 빨간 셔츠나 빨아 입어라. 나는 너무 울화가 치밀어 "마돈나를 만나는 것도 정신적인 오락입니까?" 하고 따졌다. 그러자 이번에는 아무도 웃지 않았다. 묘한 얼굴로 서로의 눈을 멀거니 바라볼 뿐이었다. 빨간 셔츠는 괴로운 듯 고개를 떨궜다. 어떠냐, 나의 한방이. 다만 가엾은 것은 끝물 호박으로, 내가 이렇게 말했더니 그 창백한 얼굴이 점점 더 창백해졌다.

7

나는 그날 밤 바로 하숙집 방을 뺐다. 하숙집으로 돌아와 짐을 싸고 있는데 안주인이 "무슨 불편한 점이라도 있으셨나요? 화가 나는 일이 있었다면 말씀만 해주세요. 고치겠습니다" 하고 말했다. 그저 놀라웠다. 세상에는 어쩜 이토록 갈피를 잡을 수 없는 사람들만 모여 있단 말인가. 나가달라는 건지, 있어달라는 건지 도통 알 수가 없었다. 그야말로 미치광이다. 이런 자를 상대로 싸움한들 도쿄 토박이로서 명예만 실추될 뿐이니 인력거꾼을 데리고 냉큼 나왔다.

나오기는 했지만 따로 갈 데가 있는 것도 아니다. 인력거꾼이 "어디로 갈까요?" 하고 묻기에 "잠자코 따라오게. 곧 알게 될 테니" 하고는 앞만 보고 걸었다. 귀찮아서 야마시로 여관으로 갈까도 싶었지만 언젠가는 또 나와야 하니 결국 번거롭기만 하다.

'이렇게 걷다 보면 하숙집이든 무슨 무슨 간판이 걸린 집이 눈에 띄겠지. 그럼 그곳을 하늘이 점찍어준 내 집이라고 생각하자' 생각하며 빙글빙글 한적하고 살기 좋아 보이는 곳을 걷다 보니 어느새 가지야초까지 와버렸다. 이곳은 무사들의 저택이 있던 곳으로 하숙집이 있을 만한 동네가 아닌지라 좀 더 번화한 곳으로 되돌아갈까 싶었는데 문득 좋은 생각이 떠올랐다. 내가 경애하는 끝물 호박이 이 동네에 살고 있다. 끝물 호박은 이곳 토박이로서 선조 대대로 내려오는 저택에 살고 있을 정도이니 틀림없이 이 주변 사정에 밝을 것이다. 그를 찾아가 물어보면 괜찮은 하숙집을 가르쳐줄지도 모른다. 다행히 한 번 인사하러 간 적이 있어서 대략 위치는 알고 있으니 길을 헤맬 필요도 없다. 이쯤일 거라고 적당히 고른 집 앞에 서서 "계시오, 계시오" 하고 두어 번 부르자 안에서 쉰 살쯤 된 지긋한 사람이 고풍스럽게도 가늘게 꼰 종이에 불을 켜고 나왔다. 나는 젊은 여자도 싫지는 않지만, 나잇살 먹은 사람을 보면 왠지 애틋한 마음이 든다. 아마 기요를 좋아하는 마음이 다른 할머니에게도 옮겨붙는 모양이다. 이분은 분명 끝물 호박의 어머니일 것이다. 가지런한 단발머리(당시 미망인이 하던 머리 모양이었다-역주)를 한, 기품 있는 부인인데 끝물 호박과 판박이다. 안으로 들어오라고 했지만 잠깐만 보고 가겠다고 하고 끝물 호박을 현관까지 불러내서 실은 이러이러한데 어디 적당한 데가 없겠느냐고 물어보았다. 끝물 호박은

"그것참 곤란하게 되셨습니다" 하고 잠시 생각하더니 "뒷동네에 하기노라는 노부부가 사는 집이 있는데 예전에 계속 방을 비워두기도 아까우니 신원이 확실한 사람이 있으면 소개해달라고 부탁한 적이 있습니다. 지금도 빌려줄지 어떨지는 모르겠지만 일단 같이 가서 물어봅시다" 하고는 친절하게 데려가 주었다.

그날 밤부터 나는 하기노 집 하숙생이 되었다. 놀라운 점은 내가 이카긴네 방을 비우자, 이튿날 교대하듯 따리꾼이 태연한 얼굴로 내가 쓰던 방을 점령한 사실이다. 웬만해서는 잘 놀라지 않는 나조차도 이 말을 듣고는 어처구니가 없었다. 세상은 온통 사기꾼들뿐이어서 서로 속고 속이며 사는지도 모르겠다. 이골이 났다.

세상이 이렇다면 나도 지지 않을 작정으로 세상 사람들만큼은 해야 살아갈 수 있다는 이야기가 된다. 남이 소매치기한 돈을 가로채야만 하루 세 끼를 먹을 수 있다면 이 세상에서 산다는 것도 다시 한번 생각해볼 문제다. 그렇다고 아직 팔팔한 젊은 나이에 목을 맨다면 조상님 볼 면목이 없을뿐더러 남 보기에도 흉하다. 돌이켜보면 물리학교를 들어가 수학 같은 도움도 안 되는 기술을 배우기보다는 600엔을 밑천 삼아 우유 장사라도 할 걸 그랬다. 그랬다면 기요 또한 내 곁을 떠나지 않아도 되었을 테고 나 역시 멀리 떨어져서 할멈을 걱정하며 살지 않아도 되었을 텐데. 함께 살 때는 그렇지도 않았는데 이렇게 시골에 와보니 기요는 역시 어진 사람이다. 그렇게 속이 넓은 여자는 온 세상을 다 뒤져도 좀처럼 찾기 어렵다. 할멈은 내가 떠날 무렵 감기 기운이 있었는데 지금쯤 어떻게 지내고 있을까. 지난번에 보낸 편지를 보고 몹시 기뻐했겠지. 그건 그렇고 답장이 올 때도 됐는데. 나는 이런 생각만 하며 이삼일을 흘려보냈다.

신경이 쓰여서 하숙집 할머니에게 도쿄에서 온 편지가 없느냐고 때때로 물었는데 그때마다 아무것도 오지 않았다며 애처로운 표정을 지었다. 이곳 부부는 이카긴과 달리 원래가 무사 집안인 만큼 두 사람 모두 품위가 있었다. 할아버지가 밤마다 묘한 목소리로 우타이(일본 전통 가면극인 노의 가사에 가락을 붙여 노래하는 것-역주)를 한가락 뽑는 데는 진저리가 나지만, 이카긴처럼 "차를 끓이지요" 하면서 스스럼없이 내 방에 들이닥치지는 않아서 아주 안락하다. 할머니는 가끔 내 방에 와서 이야기보따리를 푼다. "색시가 있음시로 와 안 데꼬 오고 만다꼬 따로 사는교, 아따" 하고 질문을 한다. "색시가 있는 사람처럼 보이나요? 안타깝지만 이래 봬도 스물넷밖에 안 됐어요" 하고 말하니 "글싸도 스물넷에 색시가 있는 건 당연하지예, 아따" 하고 운을 떼고는 아무 데 사는 아무개는 스무 살에 장가들었다는 둥 아무 데 사는 아무개는 스물두 살에 자식을 둘이나 뒀다는 둥 하여간 예를 반 다스나 들어가며 반박하는 데는 당해낼 재간이 없었다. "글카면 지도 스물넷에 색시를 맞이해보구로 할마씨가 중매 좀 서 주이소" 하고 이곳 사투리를 흉내 내며 부탁했더니 "아따, 참말로 하는 소리 맞는교?" 하고 물었다.

"하모, 진심 맞십니더. 지는 색시를 얻고 싶어예."

"아따, 하모하모. 젊을 때는 누구나 그렇지예."

이렇게 대답이 돌아오니 죄송스러워서 대답할 수가 없었다.

"글케싸도 선상님은 벌씨로 색시가 있을끼구만도. 지는 고마 딱 알고 있다 아이라예, 아따."

"와, 안목이 있으시군요. 어떻게 고마 딱 아셨는데예?"

"우째서라이. 도쿄에서 온 편지 없냐, 편지 없냐, 캄시로 하루 점도록 편지를 애타게 기다맀다 아인교, 아따."

"아이고, 놀랐습니다. 안목이 뛰어나십니다."

"아따, 맞지예?"

"글쎄요. 맞을지도 모르겠네요."

"그래도 요즘 가스나들은 옛날이랑 달라가 방심할 수 없으니까네, 단디 조심하시는 기 좋을 끼구만도."

"와요? 제 색시가 도쿄에서 바람이라도 피울까 봐예?"

"어데예, 선상님 색시는 안 글카겠지만……."

"그렇다면 안심입니다. 그럼 뭘 조심할까예?"

"선상님 색시는 함부레, 선상님 색시는 함부레 안 글카겠지만……."

"다른 데 그럴 사람이 있나 보죠?"

"여도 마이 있십니더. 선상님, 저쭈 도야마네 딸내미 아시는가예?"

"아뇨, 모르는데요."

"아즉 모르는갑네예, 아따. 여서 허덜시리 고운 딸내미다 아입니꺼, 아따. 가가 하도 고우니까 핵교 선상님들은 모두 마돈나, 마돈나, 하고 부른다 아이라예, 아따. 아즉 못 들어봤십니꺼? 아따."

"아, 마돈나 말인가요? 지는 게이샤 이름인 줄 알았네예."

"아이라예, 선상님. 마돈나는 꼬부랑말로 미인이라는 뜻 아입니꺼, 아따."

"그럴지도 모르겠군요. 놀랍네요."

"아마 미술 선상님이 붙인 별명이라 카던데, 아따."

"따리꾼이 붙였다고예?"

"아이라카이, 요시카와 선상님이 붙있다안카요, 아따."

"그 마돈나가 단디 조심해야 할 요즘 가스나들인가예?"

"그 마돈나가 단디 조심해야 할 마돈나이지예, 아따."

"골치 아프네요. 별명이 붙은 여자치고 옛날부터 제대로 된 사람은 없으니까요. 그럴지도 모르겠네요."

"맞다카이, 아따. 악귀 오마쓰(가부키에 등장하는 가공의 인물로, 일본 3대 도적 중 하나. 미모를 무기 삼아 나그네들을 해치면서 금품을 빼앗았다-역주)라든가 달기 오햐쿠(가부키에 등장하는 일본 최대의 악녀로 평가되는 독부-역주)처럼 웅가이 무서븐 여자들이 있지예, 아따."

"마돈나도 같은 부류인가요?"

"그 마돈나가 아따, 선상님. 거시기, 선상님을 여까지 델꼬 온 고가 선상님, 아따. 그분헌테 시집가기로 약속되어 있었는디, 아따."

"오, 알다가도 모를 일이군요. 끝물 호박이 그렇게 여복이 있는 남자일 줄이야. 사람은 역시 겉만 봐서는 모르겠네요. 앞으로 조심해야겠습니다."

"근디 작년 그 집 아부지가 돌아가셔가꼬, 그전까지는 돈도 있고 은행 주식도 갖고 있어가 만사형통하더마는 고마마 확 집안이 기울어지삐리가, 고가 선상님이 하도 사람이 좋아나니께 사기를 마 당해가, 아따. 그래가 일카고 절카다가 혼사가 미뤄졌는디, 그 교감 선상님이 나타나가꼬 꼭 색시로 삼고 싶다 안 캅니까, 아따."

"그 빨간 셔츠가요? 형편없는 놈이네. 처음부터 그 셔츠는 보통 셔츠가 아닌 것 같더라니. 그래서요?"

"사람을 시켜가 의중을 물어보이 도야마 씨도 고가 선상님헌테 의리가 있어가 바로는 대답 못 해가 잘 생각해보것다 정도로만 대답했다 카데예, 아따. 그라이 빨간 셔츠가 연줄을 대가 도야마 씨 댁에 들락거리는가 싶더만은 마 결국 선상님, 딸내미를 살 꼬았다 아입니꺼, 아따. 빨간 셔츠도 빨간 셔츠지만 딸내미도 딸내미라꼬, 동네 사람들이 다 영 파이다 그카지예. 일단 고가 선상님헌테 시집갈끼라고 약속했음시로 인자 와가 학사 선상님이 오싯다고 꼬롬하이 돌아서니까네, 글카믄 부끄러버가 오늘 뜨는 해님헌테 무슨 면목이 있겠어예, 아따. 선상님."

"정말 면목이 없지요. 오늘 뜨는 해님뿐만 아니라 내일 뜨는 해님한테도 모레 뜨는 해님한테도, 언제까지고 부끄럽겠지요."

"그래가 고가 선상님이 안쓰럽다캄시로 친구인 홋타 선상님이 교감 선상님헌테 따지러 가싯드만 빨간 셔츠가 내는 약혼한 사람을 가로챌 생각은 읎다. 파혼허믄 데려올랑가 몰라도 지금은 도야마네랑 친하게 지내고 있을 뿐이다. 도야마네랑 친하게 지내는데 고가 선상헌테 뭐시 미안노, 이래싸서 홋타 선상님도 마 그카이 할 말이 없어가 돌아왔다 그캅디더. 빨간 셔츠랑 홋타 선상님은 그 일 이후로 마 사이가 틀어지삐가, 아따."

"여러 사정을 참 잘 아시네요. 어떻게 그리 자세히 알고 계세요? 감탄했습니다."

"어데예, 여가 좁아가 다 알게 됩니데이."

너무 잘 알아서 곤란할 정도다. 이 정도면 튀김 메밀국수랑 경단 사건도 알고 있을지 모른다. 성가신 곳이다. 그러나 덕분에 마돈나의 의미도 알았고 산골바람과 빨간 셔츠의 관계도 알았으니 여러모로 공부가 되었다. 다만 문제는 어느 쪽이 나쁜 놈인지 분명치 않다는 점이다. 나처럼 단순한 사람은 흑인지 백인지 정리해주지 않으면 어느 편을 들어야 할지 모른다.

"빨간 셔츠캉 산골바람캉, 어느 쪽이 좋은 사람이라예?"

"산골바람이 눈교?"

"산골바람이란 홋타 선생을 말합니다."

"그기사 힘이 세기는 홋타 선상님이 세 보이구만은, 근디 빨간 셔츠는 학사라카이 능력이 더 좋지예, 아따. 글카고 상냥한 것도 빨간 셔츠가 더 상냥헌데, 학생들 평판은 또 홋타 선상님이 더 좋다카데예, 아따."

"그러니까 어느 쪽이 더 낫다는 겁니까?"

"그러니까 월급을 마이 받는 쪽이 훌륭한 거 아일까예."

이래서야 더 물어봤자 소용이 없을 것 같아 그만두기로 했다. 그로부터 이삼일이 지났을까. 학교에서 돌아오자 할머니가 방글방글 웃으며 "아이고, 마이 기다렸지예? 드디어 왔네예" 하고 편지 한 통을 가져와서는 "찬차히 읽어보이소" 하고는 나갔다. 받고 보니 기요가 보낸 편지였다. 부전지가 두세 장 붙어 있어 살펴봤더니 야마시로 여관에서 이카긴 쪽으로 갔다가 이카긴에서 하기노로 온 것이었다. 게다가 야마시로 여관에서는 일주일쯤 머물렀던 모양이다. 누가 여관 아니랄까 봐 편지까지 묵고 가게 하다니. 펼치니 길기도 길었다.

도련님의 편지를 받고 나서 바로 답장을 쓰려고 했는데 하필 감기를 앓는 바람에 일주일 정도 누워 있느라 그만 늦어졌다. 죄송하다. 게다가 요즘 처자들처럼 읽고 쓰는 것이 능숙하지 않아 이렇게 못난 글씨를 쓰는데도 퍽 애를 먹었다. 조카에게 대필을 부탁할까도 했지만 모처럼 보내는데 직접 쓰지 않으면 도련님께 송구할 것 같아 일부러 초안을 한 번 쓴 다음 다시 깨끗이 옮겨 적었다. 다시 옮겨 적는 일은 이틀 만에 끝났으나 초안을 쓰는 데는 나흘이 걸렸다. 읽기 어려울지도 모르겠지만 그래도 최선을 다해 쓴 편지니 부디 끝까지 읽어달라.

이런 서두로 시작하는 편지는 가로로 120센티미터는 되어 보이는 종이에 오종종하게 채워져 있다. 기요 말마따나 읽는 데 진이 다 빠졌다. 삐뚠 필체 탓만이 아니라 띄어쓰기도 없이 거의 다가 히라가나여서 어디서 끊어야 할지 쉼표와 마침표를 찍는 데 상당히 애를 먹었다. 나는 성미가 급한 사람이라 이렇게 알아보기 어려운 긴 편지를 5엔 줄 테니 읽어달라고 부탁한들 거절하겠지만 이때만큼은 성실하게 처음부터 끝까지 다 읽었다. 끝까지 읽은 것은 사실이지만 읽는 데 집중하다 보니 정작 무슨 내용인지 알 수 없어서 다시 처음부터 읽어보았다. 방 안이 어스름해져 처음보다 더 읽기 어려워졌기에 결국 처마 밑으로 이동해 다시 정성껏 읽었다. 초가을 바람이 파초 잎을 흔들다 살갗에 닿고 돌아가는 길에 읽고 있던 편지지를 마당 쪽으로 나부끼게 하더니 끝내 가로 120센티미터 길이의 얄따란 종이가 파르르 울기 시작해 손을 놓으면 건너편 산울타리까지 날아갈 것만 같았다. 하지만 나는 그런 것에 마음을 둘 겨를이 없었다.

도련님은 대쪽 같은 성품인데 다만 너무 쉽게 욱하는 버릇이 염려된다. ……다른 사람에게 허투루 별명을 붙였다가는 원망을 들을 여지가 있으니 함부로 붙여서는 안 된다. 만약 별명을 지었다면 기요한테만 편지로 알려달라. ……시골 사람들은 못됐다고 하니 조심해서 탈이 없도록 해라. ……기후도 도쿄보다 불순할 게 뻔하니 춥게 자다 감기에 걸리면 안 된다. 도련님이 보낸 편지는 너무 짤막해서 어떻게 지내는지 잘 모르겠으니 다음에는 적어도 이 편지의 절반 정도는 써달라. ……여관에 웃돈을 5엔 주는 건 좋지만 나중에 궁해지지 않을지 걱정이다. 시골에 가서 믿을 수 있는 것은 돈뿐이니 되도록 절약해서 만일의 경우가 생기더라도 지장이 없도록 대비해야 한다. ……용돈이 없어서 곤란할지도 모르니 우편환으로 10엔을 보낸다. ……일전에 도련님께 받은 50엔을 도련님이 다시 도쿄로 돌아와 집을 장만할 때 보탤 생각으로 우체국에 맡겨놓았는데 이 10엔을 빼도 아직 40엔 있으니 괜찮다.

정말이지 여자란 세심하다. 내가 처마 아래서 기요의 편지를 바람에 팔랑이며 생각에 잠겨 있는데 장지문을 열어젖히고 하기노 할머니가 저녁상을 들고 왔다. “연즉 읽고 있는교, 아따. 편지가 허덜시리 긴갑네예, 아따” 하고 말하기에 “네, 소중한 편지여서 바람에 날리다 읽고, 바람에 날리다 읽고, 그러고 있어요”

라고 나도 무슨 말인지 모를 대답을 한 뒤 밥상 앞에 앉았다. 둘러보니 오늘 저녁도 고구마 조림이다. 이 집은 이카긴네보다 정중하고 친절한 데다 기품도 있지만 안타깝게도 음식이 형편없다. 어제도 고구마, 그제도 고구마였는데 오늘 저녁도 고구마다. 아무리 내가 고구마를 좋아한다고 단언했기로서니 연거푸 고구마만 먹어서야 목숨을 부지할 수 없을 것이다. 끝물 호박을 비웃기는커녕 나 자신이 머지않아 끝물 고구마 선생이 될 판이다. 기요라면 이럴 때 내가 좋아하는 다랑어회나 간장을 발라 구운 어묵 반찬을 해줄 텐데 가난한 무사 집안의 짠돌이라 어쩔 수가 없다. 아무리 생각해도 기요와 같이 살지 않으면 안 될 판이다. 만약 이 학교에 오래 머물게 된다면 도쿄에서 기요를 불러와야겠다. 튀김 메밀국수를 먹어서도 안 되고, 경단을 먹어서도 안 되고, 하숙집에서 고구마만 먹고 누렇게 떠 있으라니 이 얼마나 괴로운 교육자의 길이란 말인가. 절에 사는 스님도 이것보다는 호사스럽게 먹을 것이다. 나는 고구마 한 접시를 남김없이 비우고 책상 서랍에서 날달걀 두 개를 꺼내 밥그릇 모서리에 탁 깨서 먹는 것으로 겨우 허기를 달랬다. 날달걀이라도 먹어서 영양을 섭취하지 않으면 주 21시간의 수업을 버텨낼 수도 없으리라.

오늘은 기요의 편지를 읽느라 온천에 가는 시간이 늦어졌다. 매일 꼬박꼬박 다녔는데 단 하루라도 거르려니 역시 께름칙하다. 기차라도 타고 갈 생각으로 빨간 수건을 늘어뜨리고 정거장에 도착하니 이삼 분 전에 막 출발한 참이라 잠시 기다려야 했다. 벤치에 앉아 시키시마(물부리가 달린 담배 이름으로, 1943년까지 판매되었다-역주)를 피우고 있는데 우연히 끝물 호박이 들어섰다. 나는 하숙집 할머니한테 이야기를 듣고 난 이후로 더욱 더 끝물 호박이 애처롭게 느껴졌다. 평소에도 이 세상에 얹혀사는 사람처럼 주눅 들어 있는 모습이 못내 안쓰러웠는데 오늘 밤에는 안쓰러운 정도가 아니었다. 할 수만 있다면 월급을 두 배로 올려주고 도야마네 아가씨와 내일 당장 결혼시켜 한 달 정도 도쿄에서 놀다 오라고 보내주고 싶은 마음이 굴뚝같았던 터라 "온천에 가시나 보군요. 자, 여기 앉으세요" 하고 거침없이 자리를 양보했다. 끝물 호박은 송구하다는 듯 "아닙니다. 개의치 마세요" 하고 사양인지 뭔지를 하고는 그대로 서 있다. "좀 기다려야 올 겁니다. 지칠 텐데 앉으시지요" 하고 다시 권했다. 실은 어떻게 해서든 옆에 앉게 하고 싶었을 만큼 애처로워 견딜 수가 없었다. "그럼 실례하겠습니다" 하고 겨우 내가 하는 말을 들어주었다. 세상에는 따리꾼처럼 버르장머리 없이 낄 자리도 아닌데 바지런히 얼굴을 내미는 놈도 있다. 산골바람처럼 자기가 없으면 이 나라가 안 굴러갈 거라는 듯한 낯짝을 어깨 위에 올려놓고 있는 놈도 있다. 그런가 하면 빨간 셔츠처럼 머리칼에 포마드를 바르고 스스로 인기남이나 된 것처럼 행세하는 놈도 있다. 교육이라는 것에 프록코트를 입히면 그게 바로 자신일 거라는 듯 돌아다니는 너구리도 있다. 모두 저마다의 이유로 으스대는데 이 끝물 호박 선생처럼 있어도 없는 사람 같고, 마치 인질로 잡혀 반격할 힘도 없는 헝겊 인형처럼 얌전한 사람을 본 적이 없다. 얼굴은 부어 있지만 이렇게 괜찮은 남자를 버리고 빨간 셔츠에게 나부끼다니, 마돈나도 어지간히 일자무식한 사람이다. 빨간 셔츠가 몇 다스 모인다 해도 이렇게 훌륭한 남편감은 되지 못할 텐데.

"선생님, 어디 몸이라도 편찮으신 거 아닙니까? 꽤 피곤해 보입니다만……."

"아니요, 특별히 이렇다 할 지병은 없습니다……."

"그렇다면 다행입니다. 아픈 사람은 아무 쓸모도 없으니까요."

"선생님은 꽤 건강해 보이시는군요."

"네, 제가 마르긴 했어도 아픈 데는 없습니다. 아픈 건 딱 질색이라서요."

끝물 호박은 내 말을 듣고 히죽히죽 웃었다.

그때 입구에서 젊은 여자 웃음소리가 들려오기에 무심결에 뒤돌아보니 굉장한 사람이 들어왔다. 새하얀 피부에 신식 머리를 한 키가 큰 미인과 마흔 대여섯쯤 된 듯한 부인이 나란히 매표소 창구 앞에 서 있었다. 나는 미인을 어떻게 형용해야 할지 모르는 남자여서 딱히 뭐라 표현하기 어렵지만 아무튼 상당한

미인이었다. 수정 구슬을 향수로 데워 손에 쥐어본 듯한 기분이었다. 나이 든 쪽이 키는 더 작았다. 하지만 얼굴이 닮은 걸로 보아 모녀 사이일 것이다. 나는 '이야, 올 게 왔군' 하고 푹 빠져서는 끝물 호박은 까맣게 잊고 젊은 여자 쪽만 쳐다봤다. 그런데 불현듯 내 옆에 있던 끝물 호박이 벌떡 일어나더니 나릿나릿 여자 쪽으로 걸어가길래 깜짝 놀랐다. 그때 '마돈나가 아닐까' 하고 생각했다. 세 사람은 매표소 앞에서 가볍게 인사를 나누었다. 거리가 멀어서 무슨 말을 하는지는 알 수 없었다.

정거장의 시계를 보니 이제 오 분만 지나면 열차 출발 시각이다. 이야기 상대가 없어진 나는 빨리 기차가 왔으면 좋겠다는 마음으로 더디게 흐르는 시간만 속절없이 바라보고 있는데 그때 또 한 사람이 헐레벌떡 정거장 안으로 뛰어 들어왔다. 빨간 셔츠였다. 나풀나풀 비단 기모노에 쪼글쪼글 주름 잡힌 비단 오비(기모노 허리 부분을 감싸는 띠-역주)를 헐렁하게 대강 두르고는 언제나처럼 금 시곗줄을 늘어뜨리고 있다. 저 금 시곗줄은 가짜다. 빨간 셔츠는 아무도 모르겠거니 생각하고 자랑스럽게 여봐란듯이 차고 다니지만 나는 정확히 알고 있다. 빨간 셔츠는 역에 뛰어 들어오자마자 주위를 두리번거리더니 매표소 앞에서 이야기를 나누고 있는 세 사람에게 다가가 정중히 인사를 하면서 무언가 두세 마디 건네는가 싶더니 갑자기 나를 향해 그 고양이 걸음으로 살금살금 다가와서는 "선생님도 온천에 가십니까? 저는 기차를 놓칠까 싶어 서둘러 왔는데 아직 삼사 분 남았군요. 저 시계가 맞는 건가" 하고 자기 금시계를 꺼내더니 "이 분 정도 틀리네" 하고 말하면서 내 옆에 앉았다. 여자 쪽은 눈길도 주지 않고 지팡이에 턱을 괸 채 앞만 응시하고 있다. 노부인은 때때로 빨간 셔츠를 봤지만, 젊은 여자는 옆만 보고 있다. 틀림없이 마돈나다.

이윽고 치익, 하는 기적 소리가 울리더니 기차가 들어왔다. 기다리던 사람들이 앞다투어 쪼르르 올라탔다. 빨간 셔츠는 제일 먼저 일등석에 올라탔다. 일등석에 탄다고 으스댈 것도 없다. 스미타까지 일등석이 5전이고 이등석이 3전이니 달랑 2전 차이로 일등석과 이등석이 나뉜다. 이런 나조차 일등석에 타려고 흰색 표(당시 기차표는 일등석(흰색), 이등석(파란색), 삼등석(빨간색)으로 나뉘어 있었다-역주)를 쥐고 있으니 말이다. 그렇다고는 해도 시골 사람들은 옹색해서 고작 2전의 지출도 아까운지 대개 이등석을 이용한다. 빨간 셔츠의 뒤를 이어 마돈나와 마돈나 어머니가 일등석에 올라탔다. 끝물 호박은 판에 박은 듯이 이등석만 타는 사람이다. 이등석 입구에 서서 어쩐지 망설이는 것 같았는데, 내 얼굴을 보자마자 결심한 듯 올라탔다. 나는 이때 어쩐지 애처로워 견딜 수 없어 끝물 호박 뒤를 따라 곧바로 같은 칸에 올라탔다. 일등석 표로 이등석에 타는 것이니 문제 될 건 없었다.

온천에 도착해 3층에서 유카타로 갈아입고 욕탕으로 내려갔는데 또 끝물 호박을 만났다. 나는 회의나 무슨 자리에서는 말문이 막혀 제대로 입도 뻥긋 못 하는 사람이지만 평소에는 꽤 말이 많은 편이라 욕탕 안에서 끝물 호박에게 이런저런 말을 걸어보았다. 왠지 너무 측은해서 견딜 수가 없었기 때문이다. 이럴 때 한마디라도 건네 상대방의 마음을 위로해주는 것이 도쿄 토박이의 의무라고 생각한다. 그런데 어쩐 일인지 끝물 호박이 내 장단을 맞춰주지 않았다. 무슨 말을 걸어도 '네, 아니요'로 응수할 뿐이고 게다가 그 '네, 아니요'조차도 아주 귀찮아하는 것 같아 결국 위로해주려는 생각을 접고 내가 먼저 욕탕에서 나왔다.

온천 안에서 빨간 셔츠와는 마주치지 않았다. 애초에 온천이 많다 보니 같은 기차를 탔다 한들 같은 욕탕에서 만날 수 있는 것은 아니다. 특별히 이상하게 여기지도 않았다. 온천장을 나오니 휘영청한 달밤이다. 거리 양쪽에는 버드나무가 우거져 있고 버드나무 가지가 거뭇거뭇 둥근 그림자를 길에 드리우고 있다. 잠깐 산책이라도 해야겠다. 북쪽으로 올라가 마을을 벗어나면 왼쪽에 큰 대문이 있는데 문 안쪽 막다른 곳에 절이 있고 좌우로 유곽이 늘어서 있다. 절 정문 안에 유곽이 있다니 전대미문의 일이다. 잠깐 들어가 보고도 싶었지만 회의 시간에 너구리가 일격을 가할 수도 있으니 그만두기로 하고 그냥 지나쳤다. 정문 옆에 검은 노렌을 치고 작은 격자창이 있는 단층집은 내가 경단을 먹고 출입을 금지당한 곳이다. 단팥죽, 오조니(일본의 새해 음식 중 하나로, 떡을 넣고 끓인 국물 요리다-역주)가 적힌 둥근 초롱이 매달려 있었는데 초롱불이 처마 가까이에 있는 버드나무 줄기를 비추고 있다. 먹고 싶었지만, 꾹 참고 지나쳤다.

먹고 싶은 경단을 먹을 수 없다니 비참하다. 하지만 자기 약혼녀가 다른 사람에게 마음이 흔들린 것은 더욱 비참할 일이다. 끝물 호박을 생각하면 경단은 고사하고 사흘 정도 굶는다고 해도 우는소리를 할 수 없다. 정말이지 사람만큼 못 믿을 것도 없다. 그 얼굴만 놓고 보면 절대 몰인정한 일을 할 것처럼 보이지는 않는데, 아리따운 사람이 몰인정하고 물에 불은 동아처럼 생긴 고가 선생이 선량한 군자와 같으니 정말이지 방심할 수 없다. 담백한 줄 알았던 산골바람은 학생들을 선동했다 하고. 학생들을 선동했나 했더니 교장에게 학생들 처분을 강력히 주장하고. 미운 짓만 골라 하는 빨간 셔츠는 의외로 친절해 나에게 넌지시 충고를 해주나 했더니 마돈나를 꾀고. 꾀어내나 싶었더니 고가 선생 쪽이 파혼하지 않는 한 결혼은 원치 않는다고 하고. 이카긴이 생트집을 잡아 나를 쫓아내나 했더니 곧바로 따리꾼이 교대하듯 들어가고……. 아무리 생각해도 믿을 구석이 없다. 이런 이야기를 기요에게 적어 보내면 까무러치게 놀랄 것이다. 하코네 너머라서 요괴들이 모여 사는 거라고 말할지도 모른다.

나는 강심장을 타고나서 어떤 일이 생겨도 별걱정 없이 오늘날까지 어떻게든 잘 버텨왔는데 이곳에 온 지 한 달이 될까 말까 하는 사이에 돌연 세상이 뒤숭숭하게 느껴졌다. 특별히 큰 사건이 있었던 것도 아니건만 벌써 대여섯 살은 더 먹은 듯한 기분이다. 빨리 정리하고 도쿄로 돌아가는 것이 가장 좋겠지. 이런 생각을 하염없이 하는 사이에 어느새 돌다리를 건너 노제리강 제방에 다다랐다. 강이라고 하니 대단한 것처럼 들리지만 실은 2미터도 안 되는 폭에 물살도 졸졸 흐르는 실개천이다. 제방을 따라 1.3킬로미터쯤 내려가면 아이오이 마을이 나온다. 그 마을에는 관음상이 있다.

온천 마을 쪽으로 빙그르 뒤돌아보니 붉은 등이 달빛 아래 빛나고 있다. 북소리가 나는 쪽은 유곽이 틀림없다. 강은 야트막해도 물살이 빨라서 신경질 부리듯 사정없이 반짝인다. 어슬렁어슬렁 제방 위를 걸으면서 3백 미터쯤 왔나 싶었을 때 앞쪽에 사람 그림자가 보였다. 달빛에 비친 그림자는 두 개였다. 온천에 왔다가 마을로 돌아가는 젊은이일지도 모른다. 그런데 그런 것 치고는 노래도 한 소절 안 부른다. 의외로 조용하다.

점점 걷다 보니 내 걸음이 빨라서 그런지 두 개의 그림자가 차츰 커진다. 한 사람은 여자 같다. 한 20미터쯤으로 거리가 좁혀졌을 때 내 발소리를 듣고 남자가 휙 고개를 돌렸다. 달은 내 등 뒤에서 빛을 비추고 있었다. 그때 나는 남자 얼굴을 보고 '혹시?' 하는 생각이 들었다. 남자와 여자는 다시 아까처럼 걷기 시작했다. 나는 생각한 바가 있어 전속력으로 뒤쫓았다. 상대 쪽은 아무런 눈치도 채지 못하고 처음 속도대로 유유히 발걸음을 옮기고 있다. 이제는 두런거리는 소리도 손에 잡힐 듯하다. 제방의 폭은 2미터쯤이어서 나란히 걸으면 세 사람은 간신히 걸을 수 있다. 나는 별 어려움 없이 따라잡고는 남자 소맷자락을 스치듯 앞질러 나가 두 걸음쯤 앞섰을 때 발걸음을 빙글 돌려 남자의 얼굴을 들여다보았다. 달은 1.5센티미터 길이로 자른 내 머리부터 턱 언저리까지, 그러니까 내 얼굴 정면을 사정없이 비추었다. 남자는 앗, 하고 나지막하게 말하고는 얼른 고개를 옆으로 돌려 "이제 돌아갑시다" 하고 여자를 재촉하기 무섭게 온천 마을 쪽으로 발걸음을 돌렸다.

빨간 셔츠는 유들유들해서 어물쩍 넘어가려고 한 걸까, 소심해서 알은체도 못 한 걸까. 하여간 동네가 좁아서 곤란한 사람은 나뿐만이 아니었다.

8

빨간 셔츠의 권유로 낚시를 다녀온 뒤 산골바람을 의심하기 시작했다. 있지도 않은 일로 꼬투리 잡아 하숙집 방을 비우라고 했을 때는 급기야 되바라진 놈이라고 생각했다. 그런데 회의 자리에서는 예상과 달리 거침없이 학생 엄벌론을 펼치는 대목에선 '어라, 이상하네' 하고 고개가 갸우뚱해졌다. 하기노 할머니한테 산골바람이 끝물 호박을 위해 빨간 셔츠와 담판을 벌였다는 이야기를 들었을 때는 감탄이 절로 나와 손뼉을 쳤다. 이런 상황이라면 나쁜 사람은 산골바람일 리 없다. 빨간 셔츠 쪽이 빙퉁그러진 사람이라 엉터리 억측을 사실인 양, 그것도 빙빙 돌려서 내 뇌리에 스미게끔 만든 것은 아닐까, 하고 고민하던 차에 노제리 강 제방에서 마돈나를 데리고 산책하는 모습까지 목격했기 때문에 그날부터 빨간 셔츠를 배배 꼬인 놈이라고 결론 내렸다. 꼬인 놈인지 펴진 놈인지 잘은 모르겠지만 아무튼 좋은 사람은 아니다. 겉과 속이 다른 사람이다. 사람은 대나무처럼 곧아야 믿음직스러운 법이다. 곧은 사람과는 한판 붙어도 기분이 좋다. 빨간 셔츠처럼 상냥하고 친절하고 고상하고 호박 파이프를 자랑하듯 과시하는 사람은 방심할 수 없다. 제대로 한판 붙을 수도 없다. 싸움을 해도 에코인의 스모 대회(에코인은 도쿄 스미다구 료고쿠에 있는 정토종 절로, 에도 시대부터 경내에서 스모 대회가 열렸는데 메이지 시대 때도 스모 장소로 유명했다-역주)처럼 기분 좋은 싸움을 벌일 수 없다. 그렇게 보면 교무실에서 1전 5리를 두고 옳으니 그르니 하며 실랑이를 벌인 산골바람 쪽이 훨씬 인간미 있다. 회의할 때 옴팡눈을 굴리며 나를 노려볼 때는 미운 놈이라 생각했는데 나중에 돌이켜보니 그래도 빨간 셔츠의 끈적끈적한 간살스러운 목소리보다는 낫다. 사실 그 회의가 끝난 뒤 진심으로 화해하고 싶어서 한두 마디 말을 걸어보았지만, 그놈이 대꾸도 하지 않을 뿐더러 여전히 눈을 지릅뜨기에 나도 화가 나서 그대로 두고 말았다.

그 뒤로 산골바람은 나와 말을 섞지 않는다. 돌려준 1전 5리는 아직 책상 위에 놓여 있다. 먼지가 소복이 쌓인 채 놓여 있다. 물론 나는 손을 댈 수 없고 산골바람 또한 절대 가져가지 않는다. 이 1전 5리가 두 사람 사이의 장벽이 되어 나는 말을 걸고 싶어도 걸 수가 없다. 산골바람은 완강히 입을 꾹 다물고 있다.

나와 산골바람 사이에는 1전 5리의 저주가 내렸다. 나중에는 학교에 나와 1전 5리를 보는 것마저 고통스러웠다.

산골바람과 내가 절교 선언을 한 반면, 빨간 셔츠와 나는 여전히 이전과 변함없는 관계를 유지하며 지낸다. 노제리강에서 만난 이튿날은 학교에 오자마자 내 옆에 와서 이번 하숙집은 어떠냐는 둥 같이 러시아 문학을 낚으러 가자는 둥 이런저런 말을 꺼냈다. 하는 짓이 하도 얄미워서 "어젯밤에는 두 번 만났지요?" 하고 말했더니 "네, 정거장에서요…… 선생님은 항상 그 시간에 나가시나요? 너무 늦은 시간 아닌가요?" 하고 말한다. "노제리강 제방에서도 뵈었잖습니까" 하고 한 방 날렸더니 "아니요, 저는 그쪽으로는 가지 않습니다. 온천물에 담갔다가 곧바로 돌아왔습니다" 하고 대답했다. 뭘 그렇게까지 숨기는 걸까. 실제로 만났으면서. 입에 침도 안 바르고 거짓말을 한다. 이러고도 중학교 교감 노릇을 할 수 있다면 나 같은 놈은 대학 총장도 할 수 있겠다. 나는 이때부터 완전히 빨간 셔츠를 신뢰하지 않게 되었다. 신뢰하지 않는 빨간 셔츠와는 말을 하고 감탄이 절로 나오는 산골바람과는 말을 섞지 않는다. 세상은 참으로 묘하다.

한 날은 빨간 셔츠가 나에게 할 말이 있으니 자기 집까지 좀 와달라기에 아쉽기는 했지만 온천행을 하루 빠지고 네 시쯤 찾아갔다. 빨간 셔츠는 독신이지만 교감인 만큼 하숙생활은 먼먼 옛날에 정리하고 으리으리한 현관이 달린 집에 살고 있었다. 월세는 9엔 50전이라고 한다. 시골에 내려와 이런 집을 9엔 50전만 내고 살 수 있다면야 나도 큰맘 먹고 도쿄에서 기요를 불러 기쁘게 해주고 싶다는 생각이 들 정도로 훌륭한 현관이다. "실례합니다" 하고 말했더니 빨간 셔츠의 남동생이 손님을 맞으러 나왔다. 이 동생은 학교에서 나에게 대수학과 산수를 배우는데 한마디로 열등생이다. 그런 주제에 타지에서 온 녀석이라 그런지 시골에서 나고 자란 아이들보다 더 못됐다.

빨간 셔츠를 만나 용건을 물었더니 이 사람은 예의 그 호박 파이프로 눈는 냄새가 나는 담배를 빼끔대며 이런 말을 꺼냈다.

"선생님이 온 뒤로 학생들 성적이 전임자 때보다 많이 올라 교장 선생님도 아주 좋은 인재가 왔다고 기뻐하십니다. ……학교에서도 신망이 높으니 그리 알고 교과 연구에 힘써주십시오."

"그렇습니까? 연구하라 하셔도 지금보다 더 열심히 할 수는 없습니다만……."

"지금 정도면 충분합니다. 다만 지난번에 한 이야기 말인데, 그것만 잊지 않으면 됩니다."

"하숙집 소개 같은 걸 하는 사람은 조심하라는 이야기 말인가요?"

"그렇게 노골적으로 말하면 의미도 없는 일이 되지만…… 뭐 좋습니다…… 말뜻은 선생님에게 잘 전달되었으리라 생각하니까요. 그래서 하는 말인데 선생님이 지금처럼 힘써준다면 학교 측에서도 다 지켜보고 있으니 조금 지나 사정만 좋아지면 대우도 어떻게든 다소 좋은 쪽으로 해줄 수 있을 것 같아서 말이지요."

"아, 봉급 말입니까? 봉급 같은 거야 아무래도 좋습니다만, 오른다면 오르는 쪽이 저야 좋지요."

"그게 운 좋게도 이번에 전근 가는 교사가 한 명 생겨서…… 물론 교장 선생님과 얘기해봐야겠지만…… 그 월급에서 조금은 융통할 수 있을지도 모르니까. 그걸 선생님에게 돌아갈 수 있게끔 교장 선생님께 말씀드려볼까 하는데요."

"감사합니다. 그런데 누가 전근 가시나요?"

"곧 발표할 테니까 얘기해도 상관없겠군요. 사실은 고가 선생님입니다."

"고가 선생님은 이 지역 사람 아니던가요?"

"이 지역 사람이지만 사정이 좀 있어서…… 절반은 본인이 희망한 거예요."

"어디로 가는 겁니까?"

"휴가(지금의 미야자키현-역주)의 노베오카인데…… 지역이 지역인 만큼 일 호봉 올려서 가기로 했습니다."

"그럼 다른 사람이 후임자로 오는 건가요?"

"후임자도 대강은 정해져 있습니다. 그 후임자 대우에 따라 선생님 월급 건도 정해질 겁니다."

"네, 알겠습니다. 하지만 무리해서 올려주지는 않아도 됩니다."

"어쨌든 저는 교장 선생님께 말씀드려볼 생각입니다. 아마 교장 선생님도 같은 의견이겠지만 그러면 앞으로 선생님 어깨가 더 무거워질 테니 아무쪼록 지금부터 그런 마음가짐으로 열심히 임해주셨으면 합니다."

"지금보다 수업 시간이 더 늘어나는 건가요?"

"아닙니다. 수업은 지금보다 줄어들 수도 있지만……."

"수업이 주는데, 어깨가 더 무거워진다는 겁니까? 해괴한 일이네요."

"언뜻 들으면 해괴하겠지만…… 지금 확실하게 말하기는 어렵군요…… 뭐, 요컨대 선생님이 지금보다 훨씬 중대한 책임을 맡을 수도 있다는 의미입니다."

나는 도통 알 수가 없었다. 지금보다 중대한 책임이라고 하면 수학 주임을 말하는 것일 텐데, 주임은 산골바람이고 그놈은 그만둘 낌새가 전혀 없었다. 게다가 학생들의 인망을 얻고 있으니 전근 보내거나 면직시키는 일은 학교 측에도 득이 될 리 없다. 빨간 셔츠가 하는 말은 언제나 가닥이 안 잡힌다. 가닥이 잡히지는 않지만, 용건은 이것으로 끝났다. 그 후 잠깐 잡담을 나누면서 끝물 호박의 송별회 이야기를 하다가 나보고 술은 좀 마시냐는 질문도 하고 끝물 호박은 군자 같아서 모두가 좋아할 수밖에 없는 사람이라고도 하고 이러쿵저러쿵 끝없이 말을 늘어놓았다. 끝내는 화제를 바꾸면서 "선생님, 하이쿠는 하십니까?" 하고 나오기에 이거 큰일이다 싶어 "하이쿠는 하지 않습니다. 그럼 가보겠습니다" 하고 인사도 하는 둥 마는 둥 집으로 돌아왔다. 홋쿠(5·7·5의 시. 마쓰오 바쇼가 이 홋쿠 부분만 독립시켜 하이쿠라는 새로운 장르를 만들었다-역주)는 바쇼나 이발소 주인이나 하는 것이다. 수학 선생이 나팔꽃에 두레박을 빼앗겨서야 말이 되겠는가(가가노 치요조의 대표구 '나팔꽃 덩굴 / 두레박을 빼앗겨 / 얻어서 온 물(5·7·5)'을 인용하며 되받아치는 것이다-역주).

집으로 돌아와 한참 생각에 잠겼다. 세상에는 정말이지 속을 알 수 없는 사람이 널렸구나. 집은 물론이고 일할 수 있는 학교도 있고 부족할 것 하나 없는 이 고향이 싫어졌다고 제 발로 낯선 타향에 고생하러 가겠다니. 그것도 전차가 다니는 큰 도시라면 또 모를까, 휴가의 노베오카라니 대체 무슨 생각인가. 나는 그나마 물기슭에서 가까운 이 동네에 왔는데도 한 달이 채 되기도 전에 벌써 돌아가고 싶어졌다. 노베오카라고 하면 산골짜기 중에서도 엄청난 산골짜기가 아닌가. 빨간 셔츠 말에 따르면 배에서 내려 온종일 마차를 타고 미야자키까지 가서, 미야자키에서 또 온종일 인력거를 타고 들어가야만 닿을 수 있는 산간벽촌이라고 한다. 이름만 들어도 개발된 곳일 것 같지는 않다. 원숭이와 사람이 반반 섞여 살고 있을 것만 같다. 아무리 성인 같은 끝물 호박이라지만 뭐가 좋아서 원숭이를 상대하러 간담. 별난 취미다.

그때 여느 때처럼 할머니가 저녁상을 들고 왔다. "오늘도 또 고구마인가요?" 하고 물어보았더니 "아이라예, 오늘은 두부라예, 아따" 하고 말했다. 고구마나 두부나, 그게 그거다.

"할머니, 고가 선생님은 휴가로 간다면서요?"

"와 아이라예, 허덜시리 불쌍체, 아따."

"불쌍하다니요, 좋아서 가는 건데 어쩔 수 없지요."

"좋아서 간다고 누가 글캅디까, 아따."

"누가 글캅디까 아따, 라니요. 당사자지요. 고가 선생님이 별난 취향이라 가는 거 아닌가요?"

"글카믄요, 선상님은 오산 착각 선생이지예, 아따."

"착각 선생이라. 하지만 빨간 셔츠가 그렇게 말하던걸요. 제가 착각 선생이면 빨간 셔츠는 거짓말쟁이 허풍 선생이겠군요."

"교감 선상님이 글카시는 것도 지당하고, 고가 선상님이 가고 싶지 않다 카는 것도 지당하지예, 아따."

"그렇다면 양쪽 다 지당하군요. 할머니는 공평해서 좋군요. 대체 어떻게 된 일이라예?"

"오늘 아침에 고가 선상님 어무이가 오시가 오만 사정을 다 얘기했다 아이라예, 아따."

"어떤 사정을 얘기하시던가요?"

"저짝도 아부지가 돌아가신 뒤로는 우리가 생각하는 것만치로 살림살이가 짜달시리 좋지 않아가, 마 힘들어가꼬 어무이가 교장 선상님헌테 찾아가가 벌씨로 사 년이나 근무하고 있으이 매달 받는 돈을 쪼매만 더 올리달라고 부탁을 했다카데예, 선상님."

"그렇군요."

"교장 선상님이 잘 생각해보겄다, 일캄시로 말씀하싯다카데예. 그라이 마 어무이도 안심하고 이제 곧 월급이 오를끼라는 기별이 오겠지 캄서로, 이번 달일랑가 다음 달일랑가 하고 목을 빼고 기다리고 계싯는데, 교장 선상님이 잠깐 오라케가 고가 선상님을 불러가 가보이, 미안하지만 핵교는 돈이 부족하이 월급을 올리줄 수 없다. 하지만 노베오카라면 빈자리가 있어가 그라면 매달 오 엔 더 받을 수 있으이 원하는 바일 테고 그래 절차를 해두었으이 가면 된다 이캣다 카데예."

"그건 상의가 아니네요. 명령이잖아요."

"하모예. 고가 선상님은 딴 데 가가 월급을 더 받는 것보다 이대로도 좋으니 여 있고 싶다. 집도 있고 어무이도 있으이, 하고 마 사정을 했는데도 벌씨로 그래 정해짓고 고가 선상님 후임자도 정해지가 할 수 없다캄시로 교장 선상님이 말씀하싯다네예."

"흥, 사람을 바보로 아나, 웃음도 안 나오는군. 그럼 고가 선생님은 갈 생각이 없는 거군요. 어쩐지 이상하더라니. 고작 오 엔 더 준다고 그런 산골짜기에 원숭이를 상대하러 갈 똥고집은 없을 테니까요."

"똥고집은 선상님 아이라예? 아따."

"아무래도 좋지만…… 완전히 빨간 셔츠의 계략이로군. 고약한 처사네요. 감쪽같이 속여서 골탕을 먹였군. 그걸로 내 월급을 올려주겠다니, 이렇게 괘씸할 수가. 올려준다고 내가 올리게 둘 줄 알고."

"선상님은 월급이 오르는기라예? 아따."

"올려준다고 해서 거절하고자 합니다."

"만다꼬 거절하는데예, 아따."

"뭐가 됐든 거절할 겁니다. 할머니, 빨간 셔츠는 바보예요. 비겁하고요."

"비겁해도 선상님, 월급을 올려준다카모 얌전히 받아두는 기 좋을끼구만도, 아따. 얼라일 때는 수없이 화가 나지만서도 나이를 묵어가 생각하모 마 쪼매 더 참았으면 좋았을 낀데 아까빈기라. 역정을 내가 이마이 손해를 봤다고 후회하게 되지예. 할마씨가 하는 말을 새기듣고 빨간 셔츠가 월급을 올려준다 카모 감사합니데이, 캄시로 받아두이소."

"노인네 주제에 쓸데없는 참견은 하지 않아도 됩니다. 내 월급이 오르든 내리든 내 월급이니까요."

할머니는 아무런 말 없이 물러났다. 할아버지는 만사태평한 목소리를 내며 우타이를 부르고 있다. 우타이는 그냥 읽으면 알 수 있는 것을 괜히 어려운 가락을 붙여서 일부러 알아듣지 못하게 만드는 기술이다. 그런 것을 매일 밤 질리지도 않고 웅웅대는 할아버지의 속을 모르겠다. 나는 지금 우타이를 운운할 때가 아니다. 월급을 올려준다기에 특별히 바라지는 않았지만 그렇다고 남는 돈을 쓰지도 않고 그대로 두는 것도 아깝다는 생각에 알겠다고 승낙했는데 싫다는 사람을 억지로 전근 보내고 그 사람 월급에서 뜨는 돈으로 내 월급을 올려주겠다니, 어떻게 그런 몰인정한 짓을 나보고 하란 말인가. 본인이 원래 월급 그대로라도 괜찮다고 하는데 노베오카 두메산골까지 쫓아내다니, 대체 무슨 꿍꿍이란 말인가. 다자이후 차관(후지와라 시헤이의 참언으로 다자이후 차관으로 좌천된 스가와라 미치자네를 말한다-역주)조차도 하카타 부근에서 머물렀다. 가와이 마타고로(동료 무사의 남동생을 죽인 오카야마현 번에 소속된 무사-역주)도 사가라(현재의 구마모토현 히도요시시를 말한다-역자)에서 멈추지 않았는가. 어쨌건 빨간 셔츠 집에 가서 거절하고 와야 직성이 풀릴 것 같다.

도톰한 하카마를 여며 매고 다시 집을 나섰다. 거대한 현관에 우뚝 서서 "실례합니다" 하고 말하자 다시 동생이 손님을 맞으러 나왔다. 내 얼굴을 보더니 또 왔느냐는 눈초리로 대했다. 용건이 있으면 두 번이고 세 번이고 올 것이다. 깜깜밤중일지라도 문을 두드려 깨울 것이다. 내가 교감 집에 알랑방귀나 뀌러 온 줄 아나 보다. 이래 봬도 월급을 올려줄 필요가 없다고 거절하러 온 참이다. 동생이 지금 손님이 와 있다고 고해서 현관 앞이라도 괜찮으니 잠깐 뵙고 싶다고 했더니 안으로 들어갔다. 발밑을 보니 바닥에 짚이 깔린 뒷굽이 높은 경박한 왜나막신이 놓여 있다. 안에서는 "이제 다 끝났습니다, 만만세입니다" 하는 소리가 들린다. 손님이란 바로 따리꾼이었다. 따리꾼이 아니고서야 어떻게 저런 새된 목소리를 내고 딴따라 같은 신을 신겠는가.

잠시 후 빨간 셔츠가 램프를 들고 현관까지 나오더니 "들어오시지요. 다른 사람이 아니라 요시카와 선생입니다" 하고 말해서 "아닙니다, 여기서 충분합니다. 잠깐만 얘기하면 됩니다" 하고는 빨간 셔츠의 얼굴을 봤는데 긴토키(전설상의 인물인 사카타노 긴토키를 말한다. 통통하고 온몸이 벌겋다-역주)처럼 벌겋다. 따리꾼 나리와 한잔하는 모양이다.

"아까 제 월급을 올려주신다고 하셨는데, 생각이 바뀌어서 거절하러 왔습니다."

빨간 셔츠는 현관 너머로 램프를 앞으로 내밀며 내 얼굴을 훑어보았는데 순간적으로 어떻게 대답해야 할지 몰라 망연히 지켜보고만 있다. 월급을 올려주겠다는데 거절하는 놈이 이 세상천지에 딱 한 명 있다는 것이 의아했는지, 설령 거절할지라도 이제 막 돌아가 놓고 금방 다시 찾아온 것이 기가 찼는지, 아니면 둘 다 합쳐진 건지 묘한 입 모양을 한 채 우두커니 서 있었다.

"아까 승낙한 이유는 고가 선생님이 자진해서 전근 간다는 이야기였기 때문에……."

"고가 선생님은 오롯이 본인 희망으로 전근 가는 거나 다름 없습니다."

"그렇지 않습니다. 여기 있고 싶어 합니다. 원래 받던 월급이어도 좋으니, 고향에 있고 싶어 합니다."

"선생님은 고가 선생님에게 직접 들었나요?"

"그야 당사자에게 들은 건 아닙니다."

"그럼 누구에게 들었나요?"

"하숙집 할머니가 고가 선생님 어머니한테 들은 걸 오늘 저에게 얘기해준 겁니다."

"그렇담 하숙집 할머니가 그렇게 말한 거군요."

"뭐, 그렇습니다."

"실례지만 그건 좀 말이 이상하네요. 선생님 말씀대로라면 하숙집 할머니가 하는 말은 믿어도 교감이 하는 말은 믿지 못하겠다는 것처럼 들리는데, 그런 의미로 해석해도 되겠습니까?"

나는 순간 난처했다. 문학사란 역시 대단한 사람이다. 묘한 대목에서 발목을 잡고는 끈적끈적 밀어붙인다. 나는 아버지에게 "네놈은 경솔해서 글렀다, 글렀어" 하는 말을 심심찮게 들었는데, 역시 어느 정도는 경솔한 것 같다. 할머니 말만 듣고 깜짝 놀라 한달음에 달려왔을 뿐, 끝물 호박과 끝물 호박 어머니를 만나서 자세한 사정을 듣지는 못했다. 그러니 이렇게 문학사가 덤벼들면 방어하기가 어렵다.

정면으로 방어하기는 어렵지만 나는 이미 마음속으로 빨간 셔츠는 신용하지 못할 사람이라고 선고하였다. 하숙집 할머니도 구두쇠에다 욕심쟁이인 것은 틀림없지만 거짓말은 하지 않는 사람이다. 빨간 셔츠처럼 겉과 속이 다르지는 않다. 나는 어쩔 수가 없으니까 이렇게 대답했다.

"교감 선생님 말씀이 맞을지도 모르겠지만…… 아무튼 월급 인상은 사양하겠습니다."

"그건 더 이상하지요. 지금 선생님이 일부러 다시 찾아오신 것은 월급을 더 받기에는 불합리한 이유를 찾았기 때문인 것처럼 들리는데, 그 이유가 제 설명으로 제거되었는데도 불구하고 월급 인상을 거절하는 것은 저로서는 이해하기 어렵습니다."

"이해하기 어려우실지도 모르겠습니다만, 아무튼 거절하겠습니다."

"그렇게 싫다면 억지로 받으라고 하지는 않겠습니다. 다만 그렇게 두세 시간 만에 특별한 이유도 없이 태도가 싹 바뀌면 앞으로 선생님 신용에도 문제 될 겁니다."

"문제 되어도 상관없습니다."

"그렇지 않을 겁니다. 인간에게 신용만큼 중요한 것은 없지요. 설령 지금 한 발짝 물러나서 하숙집 할아버지가……."

"할아버지가 아닙니다. 할머니입니다."

"어느 쪽이든 상관없습니다. 하숙집 할머니가 선생님에게 한 말이 사실이라고 쳐도 선생님 월급을 올려주는 건 고가 선생님 월급에서 가져오는 게 아닙니다. 고가 선생님은 노베오카로 가십니다. 그 자리에 후임이 옵니다. 그 후임이 고가 선생님보다 약간 적은 월급을 받게 됩니다. 그 여분이 선생님에게 가는 것이니 선생님은 그 누구도 안쓰러워할 필요가 없습니다. 고가 선생님은 노베오카에서 지금보다 더 좋은 대우를 받고, 후임자는 처음부터 적게 받기로 약속한 거니까요. 그런 덕분에 선생님 월급이 오른다면 이보다 더 좋은 일은 없을 것 같은데요. 싫다면 어쩔 수 없지만 집에 가서 다시 한번 생각해보지 않겠습니까?"

내 두뇌는 그리 명석하지 않아서 평소였다면 상대가 이렇게 교묘하게 혀를 놀리며 입찬소리를 하면 '아, 그렇군. 내가 잘못 생각했구나' 하고 송구스러워하며 물러났겠지만, 오늘 밤은 그럴 수가 없었다. 이곳에 온 첫날부터 빨간 셔츠는 주는 것 없이 미웠다. 중간에 여자처럼 친절한 남자라고 생각한 적도 있었지만, 알고 보니 친절도 아무것도 아닌 것 같아서 그 반동으로 지금은 더욱 싫어졌다. 상대가 아무리 논리적으로 현란하게 변론을 펼친다 한들, 위풍당당한 교감만의 방식으로 나를 몰아세우려 한들 그런 것은 아무 상관이 없다. 화술에 능란하다고 해서 꼭 좋은 사람이라는 법은 없다. 내몰린 사람이 꼭 나쁜 사람이라는 법도 없다. 표면상으로는 빨간 셔츠 쪽이 골백번 마땅해 보이지만 표면상으로 아무리 훌륭하다고 해도 마음 깊은 곳까지 사로잡을 수는 없다. 돈이나 권력이나 논리로 사람 마음을 살 수 있다면 고리대금업자나 순경이나 대학교수가 세상 사람들의 환심을 가장 많이 얻어야 할 것이다. 중학교 교감 정도의 논법으로 어떻게 내 마음이 움직이겠는가. 사람은 좋고 싫고를 따지며 움직이는 법이다. 논리로 움직이는 족속이 아니다.

"교감 선생님 말씀은 지당하지만, 저는 월급 인상이 싫어졌으니 거절하겠습니다. 뭐, 생각해봐야 마찬가지입니다. 이만 실례합니다" 하고는 문을 나섰다. 머리 위에는 은하수 한 줄기가 밤하늘을 가로지르고 있었다.

9

끝물 호박의 송별회가 있는 날 아침에 출근했더니 산골바람이 난데없이 길고 긴 사과를 했다.

"자네, 지난번에는 이카긴이 와서 자네가 행패를 부려 난처하니 부디 나가게끔 잘 좀 얘기해달라고 부탁하는 바람에 나는 그런 줄만 알고 자네한테 나가달라고 말했는데 나중에 들어보니 그놈이 심술궂은 놈으로, 위조 글씨에 위조 낙관을 찍어서 강매한다고 하니 자네 일도 아무렇게나 둘러댄 것일 테지. 자네에게 족자나 골동품을 팔아넘겨서 장사 좀 해볼 요량이었는데 자네가 좀처럼 상대를 해주지 않으니 벌이가 시원찮아서 그런 새빨간 거짓말로 나를 속인 거였어. 그 사람을 잘 몰라서 자네에게 큰 실례를 범했네. 용서해주게."

나는 아무 말 없이 산골바람 책상 위에 있던 1전 5리를 집어서 내 동전 지갑 속에 넣었다. "자네, 그걸 도로 집어넣는 건가?" 하고 산골바람이 의아하다는 듯이 묻기에 "그렇네. 나는 자네에게 얻어먹는 게 싫어서 꼭 갚을 생각이었는데 잘 생각해보니 역시 얻어먹는 게 좋을 것 같아서 도로 집어넣는 걸세" 하고 설명했다. 산골바람은 큰 소리로 "아하하하" 하고 웃으면서 "그렇다면 왜 더 빨리 들고 가지 않았나?" 하고 물었다. "사실은 들고 가야지, 들고 가야지, 생각했는데 이제 와서 도로 챙기는 것도 이상할 것 같아 그대로 두었네. 요즘은 학교에 와서 이 일 전 오 리를 보는 게 괴로울 정도로 싫었어" 하고 말했더니 "자네는 어지간히 지기 싫어하는 사람이로군" 하고 말하기에 "자네는 어지간히 강고집일세" 하고 대답해주었다. 그러고 나서 우리 둘 사이에 이런 문답이 오갔다.

"자네는 대체 어디 출신인가?"

"나는 도쿄 토박이네."

"그래, 도쿄 토박이로군. 어쩐지 지기 싫어하더라니."

"자네는 어딘가?"

"난 아이즈일세."

"아이즈라고? 그러니 고집이 쇠심줄보다 질길 수밖에. 오늘 송별회에는 참석하는가?"

"암, 가고말고. 자네는?"

"나도 물론 가야지. 고가 선생이 떠나는 날에는 배웅하러 부두까지 나갈 생각이야."

"송별회는 흥미진진하니 한번 와보게. 오늘은 코가 비뚤어지도록 마실 테야."

"실컷 마시게나. 나는 안줏거리만 먹고 즉각 돌아갈 걸세. 술 마시는 놈들은 다 바보네."

"자네는 싸움닭처럼 대번에 싸움을 거는군. 방정맞게 구는 게 딱 도쿄 토박이야."

"뭐든 상관없어. 송별회 가기 전에 잠깐 내 하숙집에 들러주게. 할 얘기가 있네."

산골바람은 약속대로 내 하숙집에 들렀다. 나는 요전부터 끝물 호박 얼굴을 볼 때마다 마음으로부터 연민을 느꼈는데 급기야 송별회를 여는 당일이 되자 측은해서 못 견딜 정도여서 할 수만 있다면 내가 대신 가주고 싶었다. 그래서 송별회 자리에서 거창한 연설이라도 해서 성대하게 환송해주고 싶었는데 혀가 꼬부라든 거친 내 말투로는 영 가망이 없어 벽력같은 목소리를 내는 산골바람을 전면에 내세워 빨간 셔츠의 간담이 서늘해지게 만들어야겠다는 생각에 일부러 산골바람을 부른 것이다.

나는 마돈나 사건으로 말문을 열기 시작했지만, 당연히 마돈나 사건은 나보다 산골바람이 더 잘 알고 있다. 내가 노제리강 제방 얘기를 한 뒤 그놈은 바보라고 했더니, 자네는 아무한테나 바보라고 한다. 오늘 학교에서 나보고도 바보라고 하지 않았나.

내가 바보라면 빨간 셔츠는 바보가 아니다. 나는 빨간 셔츠와 같은 부류가 아니다, 하고 주장했다. 그럼 빨간 셔츠는 얼치기 얼간 선생이라고 했더니 그럴지도 모른다며 대찬성했다. 산골바람은 힘이 세긴 해도 이런 쪽 어휘는 나보다 훨씬 능력이 떨어진다. 고집덩어리 아이즈 사람들은 모두, 이런, 식이겠지.

그리고 월급 인상 사건과 추후 나에게 중요한 자리를 맡기겠다고 한 빨간 셔츠의 말을 전하자 산골바람은 흥, 하고 콧방귀를 뀌더니 "그렇다면 나를 면직시킬 수작이로군" 하고 말했다. 면직시킨다면 가만히 면직당할 거냐고 묻자 "누가 당할 줄 알고? 내가 면직당한다면 빨간 셔츠도 같이 면직당하게 만들 거야"라고 호기롭게 장담했다. 어떻게 같이 면직되게 만들 생각이냐고 되물었더니 그 부분은 아직 생각해보지 않았다고 대답했다. 산골바람은 힘은 세 보이지만 지혜는 그리 없는 것 같다. 내가 월급 인상을 거절했다고 말하자 이 친구는 크게 기뻐하며 "역시 도쿄토박이답군. 장하네" 하고 칭찬해주었다.

끝물 호박이 그리 가기 싫어하는데 어째서 학교에 남을 수 있게 도와주지 않았느냐고 물었더니, 끝물 호박에게 이야기를 들었을 때는 이미 결정이 난 뒤라 교장한테 두 번, 빨간 셔츠한테 한 번 가서 강력하게 요구해도 속수무책이었다고 이야기했다. 이번 일도 고가 선생이 사람이 너무 좋아서 탈이다. 빨간 셔츠가 이야기했을 때 딱 잘라 거절하든지 일단 생각해보겠다 하고 그 상황을 모면하면 됐을 텐데 그 능구렁이 같은 말재주에 홀랑 넘어가 그 자리에서 즉각 승낙해버렸으니 나중에 고가 선생 어머니가 울고불고 매달려도, 내가 따지러 가도 별 도움이 안 되었다고 무척 안타까워했다.

이번 사건은 분명 빨간 셔츠가 끝물 호박을 저 멀리 쫓아내고 마돈나를 수중에 넣기 위해 벌인 잔꾀였을 거라고 내가 말하자 "그야 당연하지. 그 자식은 얌전한 얼굴로 영악한 짓을 일삼다가 누가 뭐라 말이라도 할라치면 미리 파둔 구멍으로 도망칠 자세를 취하며 기다리는 여우 같은 놈이야. 그런 간사한 놈은 주먹맛을 봐야 정신을 차리지"라고 말하면서 알통이 밴 단단한 팔뚝을 걷어붙였다. 나는 말이 나온 김에 팔이 아주 강해 보인다며 유도라도 하느냐고 물었다. 그러자 그 친구는 팔죽지에 힘을 불끈 주어 알통을 솟게 하고는 한번 만져보라고 하기에 손끝으로 꾹 눌러보니 굳이 말할 것도 없겠지만 꼭 목욕탕에 있는 속돌처럼 단단했다.

나는 감탄하며 그만한 팔이면 빨간 셔츠 대여섯 명쯤 몰려와도 한꺼번에 해치울 수 있는 거 아니냐며 물었더니, 물론이라고 대답하면서 굽혔던 팔을 폈다 오므렸다 하자 알통이 실룩샐룩 피부 안에서 곰틀거린다. 무척 유쾌하다. 산골바람은 종이를 노끈처럼 꼬아 만든 지승을 두 개 합쳐서 알통이 솟는 부분에 두르고 힘을 꽉 주면서 오므리면 우지끈 끊을 수 있다고 호언장

담했다. 지승이라면 나도 할 수 있을 것 같다고 했더니 잘도 하겠다며 한번 해보라는 식으로 나왔다. 끊어지지 않으면 체면이 말이 아니게 될 것 같아 나중으로 미루었다.

"자네 어떤가. 오늘 밤 송별회에서 진탕 마신 뒤에 빨간 셔츠랑 따리꾼을 흠씬 두들겨 패주지 않겠나" 하고 반장난으로 권했더니 산골바람은 "글쎄올시다" 하고 생각하더니 "오늘 밤은 관두자"라고 말했다. 이유를 물으니 "오늘 밤은 고가 선생에게 미안하니까…… 게다가 흠씬 팰 거라면 그놈들이 못된 짓을 하는 현장을 덮쳐 한 방 먹여야지, 그렇지 않으면 까딱하다가는 우리가 나쁜 놈으로 몰리기 십상이야" 하고 사리에 맞는 말을 보탰다. 산골바람이긴 해도 나보다는 생각이 깊어 보인다.

"그럼 연설을 해서 고가 선생을 한껏 칭찬해주게. 내가 하면 도쿄 토박이 말투로 사부랑거리게 되니 무게감이 없어 모양새가 별로네. 그리고 그런 멍석을 깐 자리에만 나가면 걷잡을 수 없게 가슴이 메고 목구멍이 콱 막혀서 말이 나오지 않으니 자네한테 양보하는 걸세" 하고 말했더니 "별의별 신기한 병이 다 있군. 그럼 자네는 사람들 앞에서 말을 못한다는 소린데 고달프겠군" 하고 말하기에 "뭘, 그렇게까지 고달프지는 않네" 하고 대답해두었다.

그러는 사이에 시간이 되어서 산골바람과 함께 송별회 장소로 향했다. 장소는 가신테이라는 곳으로 이 마을 으뜸가는 요릿집이라는데 나는 이때까지 한 번도 발을 들여놓은 적이 없었다. 원래 중신인가 하는 고위급 관료의 저택을 사들여 그대로 개업했다고 하는데 과연 외관부터 근엄한 분위기다. 관료의 저택이 요릿집이 된 것은 관복을 다시 꿰매 내복으로 만든 격이다.

우리 둘이 도착했을 때는 다른 선생들이 거의 다 와서는 다다미 쉰 장짜리 널따란 객실에 삼삼오오 둘러앉아 있었다. 다다미 쉰 장인 만큼 도코노마도 매우 크다. 내가 야마시로 여관에서 점령한 다다미 열다섯 장짜리 방의 도코노마와는 비교도 되지 않는다. 치수를 재니 대략 3, 4미터쯤 되었다. 오른쪽에는 붉은 무늬가 그려진 세토 도자기(도자기를 '세토모노'라고 부를 정도로 도자기로 유명한 곳이다-역주) 항아리에 커다란 소나무 가지가 꽂혀 있다. 소나무 가지를 꽂아두고 뭘 하자는 건지 모르겠지만 몇 달이 흘러도 시들 염려가 없으니 돈이 줄지 않아 좋을 테지. 저 세토 도자기는 어디서 만드느냐고 과학 선생에게 물었더니 "저건 세토 도자기가 아닙니다. 이마리(사가현 히젠 지방에서 만들어지는 도자기를 말하며, 사가 지방에서 만들어지는 도자기를 이마리라고 한다-역주)입니다" 하고 말했다. 이마리도 세토 도자기 아니냐고 말했더니 과학 선생은 "에헤헤헤헤" 하고 웃었다. 나중에 물어보니 세토에서 만들어지는 도자기라 세토 도자기라 한단다. 나는 도쿄 토박이라서 도자기는 다 세토 도자기라고 부르는 줄 알았다. 도코노마 한가운데 커다란 족자가 걸려 있고 내 얼굴만

한 커다란 글자가 스물여덟 자(칠언절구를 말한다-역주) 적혀 있었다. 그야말로 게발글씨다. 너무 못 쓴 글씨라 한문 선생에게 "왜 저런 악필을 여봐란듯이 걸어두는 걸까요?" 하고 물었더니 저건 카이오쿠(누키나 카이오쿠를 말한다. 에도 후기의 서예가이다-역주)라는 유명한 서예가가 쓴 거라고 알려주었다. 카이오쿠든 누구든 나는 지금도 서툰 글씨라고 생각한다.

마침내 서기 가와무라가 "여러분 자리에 앉아주십시오"라고 말하기에 기대기 좋아 보이는 기둥 자리에 앉았다. 하오리와 하카마 차림의 너구리가 카이오쿠 족자 앞에 앉자 빨간 셔츠가 마찬가지로 하오리, 하카마 차림으로 왼쪽 자리를 차지했다. 너구리 오른쪽에는 오늘의 주인공인 끝물 호박이 일본 전통 옷을 차려입고 막 앉으려는 참이다. 나는 양복을 입은 탓에 무릎을 꿇고 있기 힘들어서 책상다리로 고쳐 앉았다. 내 옆에 앉은 체육 교사는 검은 양복바지를 입고 꼿꼿이 무릎을 꿇고 앉아 있다. 체육 교사인 만큼 수련을 꽤 닦은 모양이다. 곧 개개인의 밥상이 들어왔다. 술병이 줄지어 놓인다. 간사가 일어서서 간략하게 개회사를 한다. 그러고 나서 너구리가 일어선다. 빨간 셔츠가 일어선다. 각각 송별사를 읊었는데 세 사람은 약속이나 한 듯 끝물 호박이 훌륭한 교사이자 어진 인물이라 칭찬한 뒤, 이번에 떠나게 되어서 몹시 서운하다, 학교뿐 아니라 개인적으로도 애석하기 그지없지만 일신상의 이유로 전근을 간절히 희망했기 때문에 어쩔 수 없다는 의미의 말을 했다. 이런 거짓말을 읊으며 제손으로 송별회를 열면서도 조금도 부끄러워하는 기색이 없다. 세 사람 중에서 특히 빨간 셔츠가 끝물 호박 칭찬을 가장 많이 했다. 이런 좋은 교우를 잃는다는 것은 자신에게도 막대한 불행이라고까지 말했다. 더구나 그 말투가 너무나도 그럴싸하고 평소의 상냥한 목소리를 한층 더 상냥하게 가다듬어 떠들어대서 처음 듣는 사람은 누구라도 분명 속아 넘어갈 게 뻔하다. 마돈나도 분명 이런 수법으로 꾀어냈을 것이다. 빨간 셔츠가 송별사를 늘어놓는 도중에 맞은편에 앉아 있던 산골바람이 나를 보고 매서운 눈짓을 보냈다. 나는 검지로 아래 눈꺼풀을 뒤집으며 그에 대한 응답을 보냈다.

빨간 셔츠가 말을 맺고 자리에 채 앉기도 전에 산골바람이 우뚝 일어서서 나는 기쁜 나머지 절로 짝짝하고 손뼉을 쳤다. 그러자 너구리를 비롯한 모두가 일제히 나를 쳐다봐서 조금 당황했다. 산골바람이 무슨 말을 할까 궁금했다.

"방금 교장 선생님을 비롯하여 교감 선생님께서는 고가 선생님의 전근을 무척이나 아쉬워하셨는데 저는 오히려 그 정반대로 고가 선생님이 하루라도 빨리 이곳을 떠나길 희망하는 바입니다. 노베오카는 먼 외지라 이곳에 비하면 물질적 불편함은 있을 겁니다. 그렇지만 들리는 바로는 풍속이 매우 순박한 곳이라 교직원과 학생 모두 고대 사람들처럼 꾸밈없이 정직한 기풍을

지니고 있다고 합니다. 마음에도 없는 치렛말을 늘어놓거나 곱상한 얼굴을 하고 군자를 골탕 먹이는 양놈들은 단 한 명도 없으리라 믿기에 고가 선생님처럼 온량하고 인정이 넘치는 분은 반드시 그 고장 사람들에게 환영받을 것입니다. 저는 고가 선생님을 위해 이 전근을 굉장히 축하하는 바입니다. 끝으로 노베오카에 부임하시면 그 지역의 숙녀 중에 군자의 좋은 짝(《시경》의 한 구절-역주)이 될 만한 자격이 있는 이를 택하여 하루라도 빨리 원만한 가정을 이루시어 정조와 절개를 지키지 않는 왈가닥 처자가 남부끄러워 동네 사람들 앞에서 얼굴도 못 들고 다니게 만들어주시길 바랍니다."

이렇게 말하고는 에헴, 에헴, 군기침을 크게 두어 번 한 후 자리에 앉았다. 나는 이번에도 손뼉을 치려고 하다가 조금 전처럼 모두가 내 얼굴을 쳐다보는 게 싫어서 그만두었다. 산골바람이 앉자 이번에는 끝물 호박이 일어섰다. 선생은 정중하게 자기 자리를 시작으로 방 끝의 말석까지 돌며 공손하게 모두에게 인사했다.

"오늘 밤 일신상의 사정으로 규슈로 떠나게 된 저를 위해 여러 선생님께서 이토록 성대한 송별회를 열어주시니 참으로 감사하기 이를 데 없습니다. 특히 방금 교장 선생님, 교감 선생님을 비롯한 여러 선생님께서 보내주신 송별사에 깊이 감사드리며 마음속에 고이 간직하겠습니다. 저는 이제 먼 곳으로 가지만 부디 저를 잊지 마시고 아무쪼록 예전처럼 잘 부탁드립니다."

그러고는 엎드려 절하고 자리로 돌아갔다. 끝물 호박은 대체 어디까지 사람이 좋은 것인지 그 깊이를 헤아릴 수 없다. 자신을 이토록 바보 취급하는 교장과 교감에게 공손히 감사 인사를 전하고 있다. 그것도 형식적인 인사라면 또 몰라도 저 태도와 말투, 얼굴로 봐서는 진심으로 깊이깊이 감사하고 있는 듯하다. 이런 성인군자에게 진심 어린 감사의 말을 들으면 수치심으로 얼굴을 붉힐 만도 한데 너구리도 빨간 셔츠도 점잖게 귀 기울여 답사를 듣고 있을 뿐이다.

인사가 끝나자 여기서도 후룩, 저기서도 후룩 하는 소리가 들린다. 나도 따라 하면서 국물을 마셔봤는데 맛이 없었다. 전채요리로 가마보코(흰살생선을 잘게 갈아 밀가루를 넣어 반달 모양으로 뭉친 음식으로 어묵과 유사하지만 색이 선명하다-역주)가 나오긴 했지만 가무스름한 걸로 보아 지쿠와(으깬 생선 살을 대나무나 막대에 감듯이 발라서 굽거나 찐 원통형 어묵-역주)의 실패작 같은 느낌이다. 옆에 있는 생선회도 너무 두꺼워서 다랑어 토막을 날것으로 먹는 것 같았다. 그런데도 옆에 앉은 선생들은 여간 꿀맛이 아니라는 듯 우걱우걱 먹어 치우고 있다. 아마 도쿄식 요리를 먹어본 적이 없는 거겠지.

데운 술병이 분주하게 오가는 사이에 사방이 돌연 떠들썩해졌다. 따리꾼 나리는 교장 앞으로 나아가 공손하게 술잔을 받고 있다. 밉상이다. 끝물 호박은 차례로 술잔을 주고받으며 한 바퀴 돌 모양이다. 끝까지 고생이다. 끝물 호박이 내 앞에 와서는 "한 잔 받아도 되겠습니까?" 하며 하카마 주름을 바로 세우고 술을 청하기에 양복바지를 입어 불편하지만 나도 무릎을 꿇고 한 잔 따라드렸다. "제가 오자마자 이렇게 바로 헤어지다니 아쉽습니다. 언제 떠나십니까? 부둣가까지 꼭 배웅하러 가겠습니다" 하고 말했더니 끝물 호박은 "아닙니다. 바쁘실 텐데 그렇게까지 하실 필요 없습니다" 하고 대답했다. 끝물 호박이 뭐라고 하든 나는 학교를 하루 쉬는 한이 있어도 배웅하러 갈 생각이다.

한 시간쯤 지나자, 자리가 굉장히 떠들썩해졌다.

"여기 한 잔, 어허, 내가 마시라는 데도……."

혀 꼬부라진 소리를 내는 사람도 하나둘 생기기 시작했다. 살짝 따분해져서 화장실에 갔다가 별빛이 드는 고풍스러운 정원을 물끄러미 바라보고 있는데 산골바람이 나타났다. "어때, 아까 연설 굉장했지?" 하고 대단히 우쭐거렸다. 다 찬성하는데 딱 한 군데가 마음에 들지 않는다고 항의했더니 어느 대목을 찬성할 수 없냐며 내게 물었다.

"곱상한 얼굴을 하고 군자를 골탕 먹이는 양놈들은 노베오카에 없을 테니까, 라고 말하지 않았는가."

"응."

"양놈들만으로는 부족하네."

"그럼 뭐라고 해야 하는가?"

"양놈들, 사기꾼, 잡술꾼, 양의 탈을 쓴 늑대, 야바위꾼, 박쥐 같은 놈, 앞잡이, 멍멍 짖어대는 개 같은 자식 정도로는 말해야지."

"나는 그렇게까지는 혀가 잘 안 돌아가네. 자네는 말주변이 좋아. 무엇보다 아는 단어도 수두룩하고. 그런데도 사람들 앞에서 말을 잘 못한다니 얄궂군."

"뭐 이건 싸울 때 쓰려고 비상용으로 준비해둔 말이네. 사람들 앞에 서면 이렇게는 안 나오지."

"그래? 그래도 막힘없이 줄줄 잘만 나오는군. 한 번 더 해보게나."

"몇 번이고 해주지. 잘 들으라고. 양놈들, 사기꾼, 잡술꾼……" 하고 말하고 있는데 툇마루를 쿵쿵 울리며 두어 명이 허청허청 달려왔다.

"자네들 너무하는군. 도망치다니. 내가 있는 한 결코 빠져나가지 못할 걸세. 자, 마시자고. 잡술꾼? 재미있군, 이 술꾼이 나자빠질 정도로 재미가 철철 넘쳐. 자, 마시자고."

나와 산골바람을 지르르 끌고 간다. 원래 이 둘도 변소에 가려고 나왔다가 취해 있다 보니 나온 목적을 까맣게 잊고 우리를 잡아끌고 있는 것이리라. 주정꾼은 눈앞의 볼일만 보고 그 전의 일은 금세 잊어버리는 모양이다.

"자, 여러분, 잡술꾼을 끌고 왔소. 어서 술 좀 따라주시오. 잡술꾼들 코가 비뚤어지도록 취하게 만듭시다. 자네, 도망치면 안 되네."

그러고는 도망갈 생각도 없는 나를 벽 쪽으로 밀어붙였다. 주위를 둘러보니 상 위에는 먹을 만한 안주가 하나도 없다. 제 몫을 몽땅 먹어 치우고 10미터가량 떨어진 곳에 원정을 나간 사람도 있다. 교장은 언제 돌아갔는지 모습이 보이지 않는다.

그때 "이 방인가요?" 하며 게이샤 서너 명이 들어왔다. 나는 조금 놀랐지만 벽 쪽에 밀려 있는 터라 가만히 지켜보고만 있었다. 그러자 지금까지 도코노마 기둥에 기대앉아서는 호박 파이프를 과시하듯 입에 물고 있던 빨간 셔츠가 벌떡 일어나더니 연회장을 빠져나가려고 했다. 맞은편에서 들어온 게이샤 한 명이 빨간 셔츠와 스칠 때 웃으며 인사했다. 제일 어리고 제일 예쁜 게이샤다. 멀어서 들리지는 않았지만 "어머나, 안녕하세요" 정도로 말한 것 같다. 빨간 셔츠는 생판 처음 보는 사람인 양 휙 나간 뒤 코빼기도 내밀지 않았다. 아마도 교장의 뒤를 따라 집으로 돌아간 모양이다.

게이샤가 오자 온 방 안에 생기가 돌면서 모두 함성을 지르며 환영이라도 하는 것처럼 떠들썩해졌다. 그리고 어떤 놈들은 삼치기를 한다. 그 목소리가 어찌나 우렁찬지 무슨 검술 연습이라도 하는 줄 알았다. 다른 쪽에서는 가위바위보를 했다. "얏, 핫" 하며 분주하게 손가락을 움직이는 모습이 다크 극단(영국 극단으로, 메이지 시대부터 다이쇼 시대에 걸쳐 몇 차례 일본을 방문해 꼭두각시 인형극을 공연했다-역주)의 꼭두각시 인형 움직임보다 능수능란했다. 맞은편 구석에서는 "이봐 술 좀 따라봐" 하면서 술병을 흔들더니 이내 말을 바꿔 "술 가져와, 술" 하고 외친다. 정말이지 생난리를 피우는 통에 소란스러워 견딜 수가 없다. 그런 대중 사이에서 뭘 해야 할지 몰라 그저 고개를 푹 숙이고 생각에 잠겨 있는 것은 끝물 호박뿐이다. 그를 위해 송별회를 연 이유는 그의 전근을 안타까워하기 위해서가 아니다. 모두 술을 마시고 놀기 위해서다. 그 홀로 하릴없이 괴로워하도록 두기 위함이다. 이런 송별회라면 열어주지 않는 편이 훨씬 낫다.

이윽고 굵직한 목소리로 저마다 걸쭉하게 노래를 뽑기 시작했다. 내 앞으로 온 게이샤 한 명이 "선생님, 한 곡 어떠신지요?" 하고 샤미센(세 줄의 현을 발목으로 퉁겨 연주하는 일본 고유의 현악기-역주)을 안고 자세를 추스르기에 "나는 안 부를 거니까 너나 노래해봐"라고 했다.

"징과 장구로요, 길 잃은 미아 산타로를 말이지요, 징지리징, 덩기덕 쿵덕. 왁실덕실 두드리며 다닌다고 만날 수 있다면 저도 징과 장구로 징지리징, 덩기덕 쿵덕 두드리고 다니면서 만나고 싶은 님이 있답니다."

여기까지 두 숨 만에 부르고는 "아이, 힘들어" 하며 새침한 표정을 지었다. 아이, 힘들 거면 조금 더 쉬운 노래를 부르면 될 것인데.

그때 어느 틈에 왔는지 옆에 앉아 있던 따리꾼이 "스즈, 그리운 님과 드디어 상봉했나 싶었는데 바로 헤어지다니 이를 어이하리" 하며 만담가 같은 말투로 말했다. "몰라요" 하고 게이샤가 새초롬하게 굴었다. 따리꾼은 아랑곳하지 않고 "우연히 상봉하기는 했건만……(일본 전통극 중 하나인 조루리의 한 구절-역주)" 하며 능글맞은 목소리로 소리꾼 흉내를 낸다. "그만하세요" 하고 게이샤가 손바닥으로 따리꾼 무릎을 때리자, 따리꾼은 기쁜 듯 웃는다. 이 게이샤는 빨간 셔츠에게 인사했던 여자다. 게이샤에게 맞고 웃다니 따리꾼도 참 무골호인이다. "스즈, 내가 기노쿠니(샤미센에 맞춰 부르는 속요의 한 곡명으로, 분세이 시대부터 메이지 시대까지 유행했는데 특히 술자리에서 인기가 있었다-역주)를 출 테니까 샤미센 한번 튕겨줘" 하고 말했다. 따리꾼은 게이샤에게 맞은 걸로도 모자라 덩실덩실 춤까지 출 모양이다.

맞은편에서 한문 영감이 이가 빠진 입을 일그러뜨리고는 "거, 안 들리네, 덴베 씨. 당신과 나 사이는……(조루리의 한 구절-역주) 여기까지는 입에서 무사히 흘러나오는데, 그다음은 뭐였지?" 하고 게이샤에게 물어본다. 영감이라 기억이 가물가물하는 모양이다. 게이샤 한 명이 과학 선생을 붙잡은 채 "얼마 전에 이런 노래가 새로 나왔어요. 한번 연주해볼까요? 잘 들어보세요"라고 말했다. 신식 올림머리(도쿄 신바시 요릿집 여주인이 개발한 둥글게 말아 올린 머리 모양-역주), 하얀 리본을 맨 서양식 머리, 타는 건 자전거, 켜는 건 바이올린, 어설픈 영어로 술술 I am glad to see you, 하고 노래하자 과학 선생은 "오호라, 흥미롭군. 영어가 들어갔네"라면서 감탄한다.

산골바람은 어이가 없을 정도로 큰 소리로 "게이샤, 게이샤" 하고 부르더니 "내가 검무를 출 테니 샤미센을 연주해" 하고 호령했다. 게이샤는 너무 난폭한 목소리에 어이가 없는지 대꾸도 못 하고 있다. 산골바람은 아랑곳하지 않고 지팡이를 가져와, 돌파 천산만악의 연기(사이토 겐모쓰의 한시 중 한 구절-역주)를 하고 소리를 내지르며 방 한가운데로 나가더니 혼자서 숨은 재주를 펼친다. 그때 기노쿠니를 끝내고, 익살스러운 갓포레 춤도 끝내고, 선반 위의 달마라는 속요까지 끝낸 따리꾼이 알몸에 훈도시 하나만 겨우 걸친 벌거숭이가 되어 종려나무 빗자루를 옆구리에 낀 채 "청일 담판이 결렬되어……(당시 유행가였던 킴부 부시의 첫 구절로 가사에 짱꼴라가 등장하는 등 선동적이고 과격하다-역주)" 하고 노래를 부르며 연회장을 누비고 다니기 시작했다. 그야말로 미치광이다.

나는 그렇지 않아도 하카마도 벗지 않고 괴롭다는 듯이 앉아 있는 끝물 호박이 안쓰러워서 견딜 수가 없었는데 아무리 자신을 위한 송별회일지언정 알몸에 훈도시 하나만 걸친 차림으로 추는 춤을 하오리와 하카마를 입은 채 참고 볼 필요는 없을 것 같아 곁으로 다가가 "고가 선생님, 이제 그만 가시지요" 하고 권해보았다. 그러자 끝물 호박은 "오늘은 제 송별회이니 제가 먼저 들어가면 실례가 되지 않겠습니까. 저는 괜찮으니 먼저 들어가시지요" 하고 움직일 생각이 전혀 없다.

"무슨 상관입니까. 송별회라면 송별회다워야지요. 저 꼴을 좀 보세요. 미치광이 모임이 아니면 뭐란 말입니까. 자, 가십시다."

내키지 않아 하는 끝물 호박을 억지로 일으켜 세워 연회장을 나서려는데 따리꾼이 빗자루를 훠이훠이 휘두르며 다가와서는 "이런, 주인공이 먼저 자리를 뜨다니, 거 너무하네. 청일 담판이다. 돌려보낼 수 없다" 하며 빗자루를 옆으로 들고는 떡하니 길을 막았다. 나는 아까부터 부아가 치밀던 참이어서 청일 담판이라면 "네놈이 짱꼴라겠지" 하고 주먹으로 따리꾼 머리통을 갈겼다. 따리꾼은 이삼 초쯤 독기가 빠진 듯 멍하니 서 있다가 이내 정신을 차린 듯 "뭐야, 이건 심하잖아. 주먹질하는 건 한심한 짓거리야. 겁도 없이 이 요시카와를 때리다니. 그야말로 청일 담판이다" 하고 영문 모를 소리를 하는 동안 뒤에서 산골바람이 소동이 일어난 것을 눈치채고 검무를 멈추고 부리나케 달려왔다가 따리꾼의 몰골을 보고는 그의 목덜미를 홱 잡고 끌어냈다. "청일…… 아야, 아프다니까. 이건 폭력이야" 하고 버둥거리는 따리끈을 옆으로 비틀었더니 쿵 하고 나동그라졌다. 뒷일은 어떻게 되었는지 모른다. 중간에 끝물 호박과 헤어지고 집에 돌아오니 밤 열한 시가 훌쩍 넘었다.

10

오늘은 러일전쟁 승전기념일이라 학교도 하루 쉰다. 연병장에서 기념식이 거행되는 터라 너구리는 학생들을 인솔해 참석해야 한다. 나도 인솔 교사 중 한 사람으로 따라가게 되었다. 거리로 나오니 온통 일장기로 빼곡 차 있어서 눈이 부실 정도다. 전교생이 팔백 명이나 되기 때문에 체육 교사가 대오를 정돈했는데, 반과 반 사이에 조금씩 간격을 벌려 그곳에 교직원을 한두 명씩 감독으로 집어넣는 식이었다. 전술 자체는 치밀했지만 실제로는 어설펐다. 학생들은 어린애인 데다 시건방지고 규율을 어기지 않으면 학생 체면이 서지 않는다는 듯이 행동하는 놈들이라 교직원 몇 명이 붙어 있다 한들 조금도 도움 되지 않았다. 지시를 내리지도 않았는데 멋대로 군가를 불러대기도 하고 군가를 그만두면 밑도 끝도 없이 와아, 함성을 내지르기도 하고 꼭 거리를 누비는 떠돌이 무사 같았다. 군가도 함성도 지르지 않을 때는 왁자그르르 떠들어댄다. 떠들지 않아도 걸을 수 있을 텐데 일본인은 모두 입부터 태어나니 아무리 잔소리를 해대도 듣지를 않는다. 떠드는 것도 그냥 떠드는 게 아니라 교사 험담을 해대니 졸렬하다. 나는 당직 사건으로 학생들에게 사과를 받았는데 뭐 이 정도면 제대로 반성했겠지, 하고 생각했다. 그러나 그건 나의 큰 착각으로 실상은 그렇지 않았다. 하숙집 할머니 말을 그대로 빌리자면 나는 정말이지 오산 착각 선생이었다. 학생들이 사과한 행위는 진심으로 지난날을 뉘우쳐서 한 행동이 아니었다. 그저 교장이 명령해서 형식적으로 머리를 숙였을 뿐이다. 장사꾼이 잘못을 저질러도 잠깐 머리만 숙일 뿐 교활한 짓을 멈추지 않는 것처럼 학생들도 사과만 할 뿐 결코 장난을 멈추지 않는 패거리다. 잘 생각해보면 이 세상은 대개 이 학생들 같은 자들로 이루어져 있는지도 모르겠다. 남들이 사과하거나 용서를 빌면 이를 곧이곧대로 받아들여 진심으로 용서해주는 사람을 보고 순진하다 못해 바보 같다고 하는 거겠지. 사과하는 것도 거짓된 마음이라면 용서하는 것도 거짓된 마음이라고 봐도 무방하다. 진정한 사과를 받고 싶다면 진심으로 후회할 때까지 두들겨 패는 수밖에 없다.

내가 반과 반 사이에 난 공간에 들어가니 튀김 메밀국수라느니 경단이라느니 하는 소리가 쉴 새 없이 들려왔다. 게다가 인원이 많아 누가 말하는지조차 알 수 없다. 설령 안다고 한들 "튀김 메밀국수라고 안 했어요", "경단이라고도 하지 않았어요", "아마 선생님이 신경쇠약이다 보니 곡해해서 그리 들린 거겠지요" 하는 식으로 오리발을 내밀 게 분명하다. 이런 비열한 근성은 봉건시대부터 양성된 이 지역 내력일 테니 아무리 타일러도, 아무리 가르쳐도 도저히 고칠 수 없을 것이다. 이런 지역에 일 년만 있으면 결백한 나도 이런 흉내를 내야 할지 모른다. 아마 그렇게 될 것만 같다. 상대가 교묘히 피할 수 있는 수단으로 내 얼굴에 먹칠하는 것을 그저 뒷짐 지고 기다리고 있을 내가 아니다. 상대가 사람이라면 나도 사람이다. 다만 학생이고 어린애지만 덩치는 나보다 크다. 그러니 형벌로서 뭔가 앙갚음을 하지 않으면 체면이 서지 않는다. 그런데 내가 평범한 방식으로 앙갚음했다가는 되레 상대에게 역습을 당할 수도 있다. 애초에 네놈이 나쁘기 때문이라고 말하면 처음부터 빠져나갈 구멍을 만들어둔 만큼 능수능란하게 자신을 변호할 것이다. 그렇게 변명을 늘어놓으며 자신을 그럴싸하게 꾸미고는 내 잘못을 공격할 것이다. 애초에 앙갚음하고자 비롯된 것이니 상대의 잘못이 드러나지 않는 이상 내 주장은 억지를 부리는 것과 같다. 즉, 상대가 먼저 시비를 걸었는데도 세상 사람들 눈에는 내가 먼저 싸움을 건 듯 보일 것이다. 엄청난 불이익이다. 그렇다고 상대가 주무르는 대로 흐리터분하게 반응했다가는 상대가 점점 더 거만해질 뿐이니 과장되게 말하자면 세상에도 전혀 유익하지 않다. 그래서 어쩔 수 없이 이쪽도 상대의 수법을 그대로 이용해 내 꼬리도 잡히지 않으면서 상대가 손가락 하나 까딱할 수 없도록 앙갚음해야 한다. 그리되면 더는 도쿄 토박이도 아니다. 아니게 되지만 일 년 내내 이리 당할 바에야 나도 사람인지라 설령 도쿄 토박이를 포기할지언정 그렇게라도 하지 않으면 끝이 나지 않는다. 무엇보다 하루빨리 도쿄로 돌아가 기요와 함께 사는 게 정답이다. 이런 촌구석에 온 것 자체가 타락하러 온 거나 다름없다. 이렇게까지 타락하느니 차라리 신문 배달이라도 하는 게 낫겠다.

이렇게 생각하며 터벅터벅 뒤따라가는데 앞쪽에서 갑자기 웅성웅성 떠들썩해지기 시작했다. 동시에 행렬이 뚝 멈추었다. 이상하다 싶어 행렬 오른쪽으로 빠져나와 앞쪽을 쳐다봤더니 오테마치에서 야쿠시마치로 꺾어지는 길모퉁이에서 행렬이 멈춘 채 서로 밀고 잡아당기며 실랑이를 벌이고 있다. 선두에 있던 체육 교사가 목이 쉬도록 "조용, 조용!" 하고 소리치며 다가오기에 무슨 일이냐고 묻자, 길모퉁이에서 중학교 학생들과 사범학교 학생들 사이에 충돌이 생겼다고 한다.

중학교와 사범학교는 어느 지역에서나 개와 원숭이처럼 사이가 좋지 않나 보다. 이유는 모르겠지만 기풍이 전혀 맞지 않는다. 툭하면 싸운다. 아마도 코딱지만 한 시골이라 심심해서 심심풀이로 그러는 것이리라. 나는 싸움을 좋아하는 편이라 충돌이라는 말을 듣고 반은 재미 삼아 뛰어갔다. 그랬더니 앞쪽에 있는 우리 학교 녀석들이 "뭐야, 지방세(당시 사범학교는 지방세 보조를 받았으며 중학교와 달리 수업료를 내지 않았다-역주) 주제에 비켜!" 하며 연신 소리를 내지르고 있었다. 뒤에서는 "밀어, 밀어!" 하며 큰 소리를 지른다. 나는 앞을 가로막고 있는 학생들 사이를 비집고 앞을 향하다 곧 길모퉁이에 들어서려는데 "앞으로!" 하는 귀에 꽂히는 외마디 호령 소리가 들리는가 싶더니 사범학교 학생들이 엄숙하게 전진하기 시작했다. 서로 먼저 가려고 벌어진 충돌이 타협된 모양인데 결과적으로 중학교가 한 발짝 양보한 것이었다. 자격으로 따지면 사범학교가 높다고 한다.

승전기념식은 제법 간단했다. 여단旅団 장관이 축사를 읽었다. 지사가 축사를 읽었다. 참석한 사람들이 만세를 불렀다. 그러자 끝이 났다. 축하 공연은 오후에 있다고 해서 일단 하숙집으로 돌아가 이전부터 줄곧 마음에 걸렸던 기요에게 보낼 답장을 쓰기로 마음먹었다. 다음에는 좀 더 자세히 써달라고 부탁했기 때문에 되도록 공들여 써야 한다. 하지만 막상 두루마리 편지지를 가로로 펼쳐놓고 보니 쓸 말은 숱하게 많은데 무엇부터 써야 할지 막막했다. 그 일을 쓸까? 그 일은 설명하기 귀찮다. 이 일을 쓸까? 이 일은 너무 시시하다. 뭔가 막힘없이 술술 써지고 설명하는 데 힘도 안 들면서 기요가 재미있어할 만한 일이 없을까? 생각해보니 그런 조건에 부합할 만한 사건은 하나도 없다. 나는 먹을 갈아 붓을 적시고 편지지를 노려보고, 편지지를 노려보다 붓을 적시고 먹을 갈았다. 이런 동작을 몇 번이나 되풀이하다 보니 나라는 사람은 도저히 편지라는 것을 쓸 수 없다고 포기하고 벼루 뚜껑을 덮어버렸다. 편지 쓰는 일은 귀찮다. 역시 도쿄까지 가서 만나서 이야기하는 게 간편하다. 기요가 걱정한다는 사실은 충분히 알지만, 기요의 요청 사항에 맞는 편지를 쓰는 일은 삼 주간 단식하는 것보다 괴롭다.

나는 붓과 편지지를 내던지고 벌렁 드러누워 팔베개하고 마당을 바라보았다. 역시 기요가 마음에 걸린다. 그때 나는 이렇게 생각했다. 이토록 먼 곳에 와서까지 기요를 걱정하고 있으니 이런 내 마음이 분명 기요에게 닿을 것이다. 닿기만 한다면 편지 따위 보낼 필요는 없다. 보내지 않으면 무사히 잘 지낸다고 생각할 것이다. 소식은 죽었을 때나 병이 났을 때, 하여간 무슨 일이 생겼을 때 보내면 된다.

아무런 장식물도 없는 열 평쯤 되는 마당에는 이렇다 할 근사한 나무도 없다. 그저 귤나무 한 그루가 있는데 담장 너머에서 봐도 한눈에 보일 정도로 컸다. 나는 하숙집으로 돌아오면 늘 이 귤나무를 바라본다. 도쿄를 벗어난 적이 없는 나 같은 사람에게 귤이 나무에 달린 풍경은 정말이지 신기한 법이다. 저 초록색 열매가 점점 익어 노란색이 될 텐데 분명 예쁠 것이다. 벌써 어느 정도 노르스름해진 귤도 있다. 할머니에게 물어보니 수

분이 아주 많고 맛있는 귤이라고 한다. 곧 익으면 실컷 먹으라고 했으니 매일 조금씩 먹어야겠다. 이제 삼 주 정도만 지나면 충분히 먹을 수 있을 것이다. 설마 삼 주 안에 이곳을 떠나는 일은 없겠지.

머릿속이 귤 생각으로 가득 차 있을 때 뜻밖에도 산골바람이 할 말이 있다며 찾아왔다. "오늘은 승전기념일이라 자네와 같이 맛있는 거라도 먹으려고 소고기를 사 왔네" 하며 대나무 잎에 싼 고깃덩어리를 소맷자락에서 꺼내 방 한가운데로 던졌다. 나는 하숙집의 고구마 공세, 두부 공세에 한창 시달리고 있던 데다 메밀국숫집도 경단 가게도 출입 금지를 당한 터라 "그거 좋지" 하고 곧바로 할머니에게 냄비와 설탕을 빌려 와 고기를 자글자글 끓이기 시작했다.

산골바람은 볼이 미어지도록 소고기를 입에 넣고는 "자네 빨간 셔츠가 게이샤와 친하게 지낸다는 사실을 알고 있나?" 하고 묻기에 "물론 알지, 지난번 끝물 호박 송별회에 온 게이샤 중 한 명일 거야"라고 말하자 "맞네. 나는 얼마 전에 겨우 알아챘는데 자네는 제법 눈치가 빠르군" 하고 크게 칭찬했다.

"그 녀석은 입버릇처럼 품성이니 정신적 오락이니 늘어놓는 주제에 뒤에서는 게이샤와 희희낙락하는 아주 가증스러운 놈이야. 그것도 다른 사람이 즐기는 것을 너그럽게 봐주면 또 모를까, 자네가 메밀국숫집이나 경단 가게에 가는 것조차 학생 지도에 방해가 된다며 교장 입을 빌려 주의를 가하지 않았나."

"그래. 그놈의 사고방식대로라면 게이샤랑 노닥거리는 것은 정신적 오락이고, 튀김 메밀국수나 경단은 물질적 오락인 거겠지. 정신적 오락이라면 좀 더 공공연하게 할 것이지. 그게 뭔가. 친한 게이샤가 들어오니까 바로 자리에서 일어나 교대하는 것처럼 뒤꽁무니를 빼다니. 끝까지 남을 속이려 드니 영 마음에 안 들어. 그러다 누가 공격이라도 하면 나는 모르는 일이라는 둥, 러시아 문학이라는 둥, 하이쿠가 신체시 형제 같은 거라는 둥, 사람 혼을 쏙 빼놓지를 않나. 그런 겁보는 사내놈도 아니야. 궁중에서 일하던 하녀가 환생한 걸 테지. 어쩌면 그놈 아버지는 그 유명한 유시마의 남창일지도 몰라."

"유시마의 남창은 또 뭔가?"

"어쨌거나 사내답지 못하다는 걸세. 자네 그 고기는 아직 덜 익었네. 그런 걸 먹었다가는 촌충이 생긴다고."

"그래? 뭐 괜찮겠지. 어쨌거나 빨간 셔츠는 남의 눈을 피해 온천 마을에 있는 가도라는 곳에서 게이샤를 만나는 모양이야."

"가도라면 그 여관을 말하나?"

"여관 겸 요릿집이네. 그러니까 그놈이 찍소리도 못하게 만들려면 게이샤를 데리고 그곳에 들어가는 현장을 덮쳐야겠지."

"현장을 덮치다니, 불침번이라도 서겠다는 말인가?"

"그렇네. 가도 여관 앞에 마스라는 여관 있지? 그 여관에서 거리가 훤히 내다보이는 이 층 방을 빌려 장지문에 구멍을 뚫고 지켜보는 거지."

"보고 있을 때 오려나?"

"올 거야. 어차피 하룻밤으로는 안 돼. 이 주 정도는 할 생각으로 덤벼야지."

"무진장 피곤할 걸세. 아버지가 돌아가시기 전에 일주일쯤 밤을 지새우며 간병한 적이 있는데 나중에는 내 혼이 쏙 나갈 만큼 지쳤으니까."

"몸이야 좀 힘들어도 상관없네. 저런 간사한 놈을 그대로 두면 이 나라를 위해서도 좋을 게 없으니까 내가 하늘을 대신해서 응징하겠어."

"고소하겠군. 그리 정했다면 나도 가담하겠네. 그러면 오늘 밤부터 지켜볼 건가?"

"아직 마스 여관에 말하지 않아서 오늘 밤은 어려워."

"그럼 언제부터 시작할 생각인가?"

"가까운 시일 내로 시작해야지. 언제가 됐던 자네한테 귀띔해줄 테니 그때는 일조해주게."

"좋네. 언제든지 일조하지. 나는 계략을 짜는 데는 소질이 없지만 싸우는 데는 일가견이 있네."

나와 산골바람이 빨간 셔츠 퇴치 작전을 세우고 있는데 하숙집 할머니가 들어와서는 "핵교 학상 한 명이 와가 홋타 선상님을 뵙고 싶다 캅니더, 아따. 선상님 댁으로 갔는데 안 계셔가 아마 여 계실 것 같아가 찾아왔다카네예, 아따" 하고는 문지방 앞에 무릎을 꿇고 산골바람의 대답을 기다렸다. 산골바람은 "그렇습니까" 하고 현관으로 나갔는데 얼마 지나 돌아와서는 "학생 하나가 같이 축하 공연을 보러 가자며 찾아왔네. 오늘은 고치에서 뭐라 뭐라 하는 춤을 추러 일부러 이곳까지 많은 사람이 왔다며 좀처럼 볼 수 없는 춤이니 꼭 구경하라는데? 자네도 같이 가보세" 하고 산골바람은 얼른 가고 싶은 모양인지 엉덩이를 들썩거리며 권했다. 나는 춤이라면 도쿄에서 질리도록 봤다. 매해 하치만 신사 축제 때마다 사람들이 이동용 무대를 타고 이 마을 저 마을 돌며 공연했던 터라 시오쿠미(가부키 무용 중 하나. 바닷가에서 소금을 만드는 처녀가 옛 연인을 그리워하며 그의 모자와 옷을 걸치고 추는 춤이다-역주)든 뭐든 잘 알고 있었다. 그래서 고치 깡촌의 시시한 춤 같은 건 보고 싶지도 않았지만 모처럼 산골바람이 권했기 때문에 따라 나가볼까 싶어 문을 나섰다. 산골바람을 찾아온 학생이 누군가 했더니 빨간 셔츠의 동생이었다. 묘한 놈이 왔구나 싶었다.

공연장에 들어서니 에코인의 스모 대회나 혼몬지(도쿄 이케가미에 있는 절-역주)에서 법회를 할 때처럼 커다란 깃발이 곳곳에 꽂혀 있는 데다 전 세계의 국기를 하나도 빠짐없이 빌려 왔나 싶을 정도로 이쪽 줄 저쪽 줄에 국기가 걸려 있어 널따란 하늘이 전에 없이 화려해졌다. 동쪽 구석진 곳에는 하룻밤 새 뚝딱 만든 무대가 있는데 여기에서 이른바 고치의 무슨 춤을 춘다고 한다. 무대를 오른쪽에 두고 50미터쯤 걸으면 갈대발을 두른 곳에 꽃꽂이를 전시해놓았다. 다들 감탄하며 구경하지만 내 눈에는 쓸데없어 보였다. 그렇게 잎이나 대나무를 구부려놓고 과시할 거라면 꼽추 호색꾼이나 절름발이 남편을 자랑하는 게 낫겠다.

무대 반대편에서 잇따라 불꽃이 터지고 있다. 불꽃 사이로 풍선이 날아올랐다. '제국 만세'라고 쓰여 있다. 망루의 소나무 위에서 둥실둥실 흔들리다 병영 안으로 떨어졌다. 다음은 펑 하는 소리와 함께 검은 경단 같은 것이 휙 하고 가을 하늘을 가르듯이 올라가더니 바로 내 머리 위에서 탁, 하고 터지면서 파란색 연기가 우산살 모양으로 퍼지고는 유유히 하늘 속으로 스며들었다. 풍선이 또 날아올랐다. 이번에는 '육해군 만세'라고 붉은 바탕에 하얗게 새긴 풍선이 바람에 흔들리며 온천 마을에서 아이오이 마을 쪽으로 날아갔다. 아마 관음보살님 절 안으로 떨어졌을 것이다.

기념식 때는 사람이 그렇게 많지도 않았는데 이번에는 엄청난 인파다. 시골에 이렇게나 많은 사람이 살고 있었구나, 하고 깜짝 놀랐을 정도로 북적북적했다. 똘똘해 보이는 얼굴은 찾기 어려웠지만 숫자로 보면 확실히 무시할 수 없다. 그러는 사이에 유명하다던 고치의 무슨 춤이 시작되었다. 춤이라고 해서 후지마(일본 무용의 대표적인 유파-역주)나 그런 종류의 춤일 줄 알았는데 큰 착각이었다.

엄숙하게 머리에 띠를 둘러 뒤로 묶고 무릎 아래를 끈으로 묶은 하카마를 입은 남자가 열 명씩 무대 위에 가로 세 줄로 섰는데 그 서른 명이 죄다 칼집에서 뺀 칼을 차고 있어서 경악했다. 앞줄과 뒷줄 사이는 45센티미터쯤이다. 좌우 간격은 더 좁으면 좁았지, 넓지는 않았다. 단 한 명만 대열에서 벗어나 무대 구석에 서 있을 뿐 아무런 무대 장식도 없다. 이 외톨이 사내는 다른 동료들처럼 하카마를 입고는 있지만 띠는 생략하고 칼 대신 가슴에 북을 매달고 있다. 다이카구라(에도 시대의 곡예로, 서커스단이라고 생각하면 된다-역주) 때 사용하는 북과 같았다. 이 사내가 이윽고 "이야앗, 하아앗" 하고 늘어지는 목소리를 내더니 묘한 노래를 부르며 북을 둥둥, 둥둥 친다. 전대미문의 신기한 노랫가락이다. 미카와 만자이(미카와 지방에서 시작된 신년 풍속으로, 우스꽝스러운 노래를 말한다-역주)와 보타락(찬불가 중 보타락으로 시작하는 노래가 있다-역주)을 합친 것이라 생각하면 얼추 비슷하다.

노래가 어찌나 유장한지 여름철 엿가락처럼 늘어지는데 노랫가락을 구분하기 위해 둥둥 북소리를 넣으니 하염없이 이어지는 듯 들려도 박자는 맞출 수 있다. 이 박자에 맞춰 서른 명의 칼날이 번쩍번쩍 빛났는데 칼을 휘두르는 손놀림이 또 어찌나 재빠른지 보고만 있어도 등골이 오싹오싹했다. 옆에도 뒤에도 45센티미터 이내에 살아 있는 사람이 있고 그 사람도 마찬가지로 또 날카로운 칼을 휘두르고 있으니 박자가 칼같이 딱딱 맞지 않으면 서로 찔러 다칠 수도 있다. 그것도 제자리에서 꼼짝하지 않고 칼만 앞뒤 또는 위아래로 휘두른다면 덜 위험하겠지만 서른 명이 동시에 제자리걸음을 하다 옆으로 돌 때가 있다. 빙글 돌 때도 있다. 무릎을 구부릴 때도 있다. 옆 사람이 1초라도 너무 빠르거나 너무 늦게 휘둘렀다가는 자기 코가 뎅강 잘릴지도 모른다. 옆 사람 목을 벨지도 모른다. 칼은 자유자재로 움직이지만 움직이는 범위는 45센티미터 네모 칸으로 한정되어 있고 전후좌우에 있는 사람과 같은 방향, 같은 속도로 휘둘러야 한다. 정말이지 경이롭다. 시오쿠미나 세키노토(가부키 무용의 한 작품인 〈쓰모루 고이유키노 세키노토〉의 약칭-역주)에 비할 바가 아니다. 나중에 들으니 이 춤은 상당히 어려워서 웬만한 숙련가가 아니면 박자를 맞출 수 없다고 한다. 특히 한쪽에서 북을 치는 둥둥 선생이 가장 어렵고 중요한 역할이라고 한다. 서른 명이 발을 떼는 것도, 손을 움직이는 것도 허리를 굽히는 각도도 모두 이 둥둥 선생의 박자 하나로 정해진다고 한다. 옆에서 볼 때는 "이야앗, 하아앗" 하고 천하 태평하게 노래하는 이 사람이 가장 편한 역할 같아 보였는데 실은 가장 책임이 막중하고 고되다고 하니 그저 의아할 따름이다.

나와 산골바람은 감탄한 나머지 반은 넋이 나간 채로 보고 있는데 50미터쯤 떨어진 곳에서 불현듯 와아 하는 함성이 터지더니 지금까지 평화롭게 여기저기 구경하던 사람들이 삽시간에 물결처럼 좌우로 움직이기 시작했다. "싸움이다, 싸움이다" 하는 소리가 들리는가 싶더니 사람 물결 속을 헤치고 달려온 빨간 셔츠의 동생이 "선생님, 또 싸움이 났어요. 우리 중학교 쪽에서 오늘 아침 일을 보복하려고 또 사범학교 놈들이랑 한판 붙기 시작했어요. 빨리 와주세요" 하고 말하고는 다시 사람 물결로 들어가더니 어디론가 가버렸다.

산골바람은 "또 시작이군, 정말이지 손이 많이 가는 조무래기들이야. 좀 작작 할 것이지" 하고 구시렁대고는 도망치는 사람들을 헤치며 단숨에 달음박질치기 시작했다. 그냥 두고 볼 수만은 없으니 말릴 생각인 모양이다. 물론 나도 내뺄 생각은 없다. 산골바람의 뒤를 따라 곧바로 현장에 도착했다. 싸움이 최고조에 달해 있었다. 사범학교 쪽은 오륙십 명쯤 될까 말까 하는 인원인데, 중학교 쪽은 확실히 30퍼센트쯤 더 많아 보였다. 사범학교 학생들은 교복을 입고 있었지만 중학교 학생들은 기념식이 끝난 후에 대개가 평상복 기모노로 갈아입은 터라 아군과 적군은 쉽게 구별할 수 있었다. 하지만 벌집을 쑤셔놓은 것처럼 한데 뒤엉켜 싸우고 있어 어디서부터 어떻게 떼어놓아야 할지 난감했다. 산골바람은 어떻게 할까 고민하는 듯 잠시 아수라장을 잠자코 보고 있다가 "이렇게 된 이상 어쩔 수 없네. 순경이 오면 여러모로 귀찮아져. 달려들어 떼어놓자고" 하고 나를 보며 말했기 때문에 나는 대답도 하지 않고 가장 격하게 싸우고 있는 무리 쪽으로 단걸음에 뛰어들었다. "그만, 그만! 이렇게 난폭하게 굴면 학교 체면이 뭐가 되겠냐. 그만둬!" 하고 목청 돋워 외치며 아군과 적군의 경계선처럼 보이는 곳으로 돌파하려고 했으나 그렇게 쉽게 뜻대로 되지 않았다. 2, 3미터 헤치고 들어갔더니 앞으로 나아가지도 뒤로 물러나지도 못하게 되었다. 눈앞에서 제법 덩치가 우람한 사범학교 학생이 열대여섯 명의 중학교 학생들과 뒤엉켜 싸우고 있다. "그만두라면 그만둬야 할 거 아냐" 하고 사범학교 학생의 어깨를 잡고 억지로 떼어놓으려는 순간 누군가 밑에서 내 다리를 확 걸었다. 나는 기습 공격에 잡았던 어깨를 놓치고 옆으로 가꾸러졌다. 딱딱한 구둣발로 내 등 위에 올라탄 놈도 있다. 양손과 무릎을 짚고 벌떡 일어났더니 올라탔던 놈이 오른쪽으로 굴러떨어졌다. 일어나서 보니 5미터 정도 떨어진 곳에서 산골바람의 거대한 몸뚱이가 학생들 사이에 끼인 채 "그만둬, 싸움은 그만둬!" 하고 외치고 있었다. "이봐, 도저히 안 되겠어" 하고 말했지만 들리지 않는지 대답이 없었다.

휙 하고 바람을 가르며 날아온 돌이 느닷없이 내 광대뼈에 맞았다고 생각하자마자 뒤에서도 등을 몽둥이로 내리친 놈이 있었다. "교사 주제에 나대다니. 패라, 패라" 하는 소리가 들린다.

"교사는 두 놈이다. 큰 거랑 작은 거다. 돌을 던져라" 하는 소리도 들린다. "뭐라고? 시건방진 소리를 지껄이다니, 촌뜨기 주제에" 하고 옆에 있는 사범학교 학생의 머리를 들입다 휘갈겼다. 돌이 다시 휙 하고 날아온다. 이번에는 내 빡빡머리를 스치고 뒤로 날아갔다. 산골바람은 어찌 된 일인지 보이지 않는다. 이렇게 되면 어쩔 수 없다. 처음에는 싸움을 말리려고 왔지만 얻어맞고 돌까지 맞은 이상 고분고분 물러날 얼뜨기가 어디 있겠는가. "내가 누군지 아느냐? 덩치는 작아도 싸움의 본고장에서 수련을 쌓은 형님이시다" 하고 소리치면서 사정없이 마구 패기도 하고 또 얻어맞기도 하는 사이에 "순경이다, 순경. 도망쳐라, 도망쳐" 하는 소리가 들렸다. 지금까지 갈분개떡(갈분과 설탕을 넣고 끓여 살짝 굳혀 만든 떡으로, 젤리 같은 식감이다-역주) 속에서 헤엄치는 것처럼 옴짝달싹 못 했던 몸이 돌연 해방됐나 싶은 순간 아군도 적군도 한꺼번에 줄행랑을 쳤다. 촌뜨기라도 퇴각은 치밀하다. 쿠로파트킨(러일전쟁 당시 만주지구 러시아군 총사령관이었던 알렉세이 니콜라예비치 쿠로파트킨을 말한다-역주)보다 재빠르다.

산골바람이 어떻게 되었나 봤더니 가문이 박힌 홑겹 하오리가 발기발기 찢어진 상태로 한쪽에서 코를 닦고 있다. 콧잔등을 맞아서 제법 코피를 흘렸다고 한다. 코가 부어오르고 시뻘게져서 무척 보기 흉했다. 나는 온통 흙투성이가 되었지만 저렴하긴 해도 안감을 받친 기모노를 입은 터라 산골바람의 하오리처럼 옷이 상하지는 않았다. 하지만 빰이 찢어지듯 아려서 견딜 수가 없었다. 산골바람이 "피가 많이 나는군" 하고 알려주었다.

순경 열대여섯 명이 왔다. 하지만 학생들은 반대 방향으로 퇴각했기 때문에 붙잡힌 사람은 나와 산골바람뿐이었다. 우리는 이름을 대며 자초지종을 설명했으나 일단 경찰서까지 가자는 말에 경찰서에 갔고, 서장 앞에서 사건의 자초지종을 진술한 후 하숙집으로 돌아왔다.

11

이튿날 눈을 떠보니 온몸이 쑤셔대서 몸을 일으키는 것조차 엄두가 나지 않았다. 오랫동안 싸움을 하지 않았으니 이토록 아픈 것이리라. 이래서야 제대로 자랑도 못 하겠다고 이불 속에서 생각하고 있는데 할머니가 시코쿠 신문을 가져와서는 내 머리맡에 두었다. 실은 만사가 다 귀찮았지만 사내대장부가 이깟 일로 찌부러져 있어서 되겠나 싶어 억지로 엎드려서 신문을 보는데 2면에 실린 기사를 보고 깜짝 놀랐다. 어제 벌어진 싸움이 착실하게 실려 있다. 싸움 기사가 난 것 자체는 놀라지 않았지만 중학교 교사 홋타 모 씨와 최근 도쿄에서 부임한 엄벙덤벙 모 씨가 선량한 학생들을 선동해 이 소동을 일으켰을 뿐만 아니라, 두 사람은 현장에서 학생들을 직접 지휘한 데다 사범학교 학생들에게 함부로덤부로 폭력을 가했다고 적혀 있었고 바로 뒤에 이런 의견을 붙여놓았다.

우리 현의 중학교는 옛날부터 선량하고 온순한 기풍으로 전국의 선망을 받는 학교였는데 경박한 두 철부지 때문에 우리 학교의 특권이 훼손되었고 이 불명예가 시 전체에 미치는 이상 우리는 분연히 일어나 그 책임을 물어야만 한다. 우리는 믿는다. 우리가 행동으로 옮기기 전에 관계 당국은 이 무뢰한들에게 이에 상응하는 처분을 내려 다시는 교육계에 발도 못 들이게 하리라는 것을.

글자 하나하나 죄다 방점을 찍어 본때를 보여주겠다는 태도였다. 나는 이불 속에서 "머리에 똥만 찬 놈" 하고 내뱉으며 벌떡 일어났다. 신기하게도 조금 전만 해도 온몸의 뼛골 마디마디가 욱신거렸는데 일어나자마자 씻은 듯이 멎었다.

나는 신문을 꾸깃꾸깃 구겨서 마당에 내던졌다가 그래도 성에 차지 않아 일부러 변소로 가져가서 버리고 왔다. 신문 따위가 새빨간 거짓말을 꾸며대는 법이다. 이 세상 최고 허풍쟁이도 신문만큼 허풍을 잘 떨 수는 없으리라. 응당 내가 해야 할 말을 죄다 저쪽에서 늘어놓고 있다. 게다가 최근 도쿄에서 부임한 엄벙덤벙 모 씨라는 건 또 뭔가. 천하에 모 씨라는 이름이 어디 있단 말인가. 생각해보라. 이래 봬도 번듯한 성도 있고 이름도 있다. 족보를 보고 싶다면 다다노 만주 이후의 우리 선조를 한 분도 빠짐없이 배례하게 해주마. 세수했더니 뺨이 갑자기 아팠다. 할머니에게 거울 좀 빌려달라고 했더니 "오늘 아침 신문은 보셨어예?" 하고 묻는다. 봤는데 변소에 버리고 왔다, 필요하면 주워 오라고 말했더니 놀라며 물러갔다. 거울에 얼굴을 들여다 보니 어제와 변함없이 상처가 얼금숨숨하게 남아 있다. 이래 봬도 소중한 얼굴이다. 멀쩡한 얼굴을 망가뜨리지를 않나, 엄벙덤벙 모 씨라며 범죄자인 양 불러대지를 않나, 없던 정도 다 떨어진다.

오늘 신문을 보고 식겁해서 학교를 쉬었다는 식의 말을 들으면 일생의 불명예로 남을 테니 나는 아침밥을 먹고 제일 먼저 출근했다. 교무실에 들어오는 이놈도, 다음에 들어오는 저놈도 내 얼굴을 보고 웃는다. 뭐가 그리 우습단 말인가. 네놈들이 꾸며준 얼굴도 아니면서. 그러는 새에 따리꾼이 와서는 "이야, 어제는 공을 세우셨다더니 명예로운 상처인가요?" 하고 송별회 때 때렸던 일을 복수라도 할 작정인지 오늘따라 하도 빈정거리기에 객쩍은 소리 지껄일 시간에 붓이나 핥으라고 동지섣달 칼바람처럼 쏘아붙였다. 그러자 "거참, 죄송하게 됐습니다. 그나저나 꽤 아프겠구먼" 하고 말해서 "아프든 말든 내 상판일세. 네놈 신세 질 일은 없어" 하고 노발대발했더니 내 자리 너머에 있는 자기 자리에 앉아서는 또 내 얼굴을 보면서 옆자리의 역사 선생과 무언가를 수군대고 실실댄다.

그러는 사이 산골바람이 출근했다. 산골바람의 코가 자주색으로 퉁퉁 부어 있어서 파내면 안에서 고름이 나올 것만 같다. 자만했던 만큼 내 얼굴보다 훨씬 더 심하게 망가져 있다. 나와 산골바람은 책상이 나란히 붙어 있는 옆자리 사이인 데다 불운하게도 교무실 출입문을 정면으로 바라보는 위치다. 묘한 얼굴 두 개가 사이좋게 붙어 있다. 다들 틈만 나면 꼭 이쪽을 쳐다본다. 겉으로는 세상에 이런 변이 다 있냐며 말하지만, 속으로는 바보 같은 놈들이라고 생각할 게 틀림없다. 그렇지 않고서야 저렇게 자기들끼리 쑥덕대며 히죽히죽 웃겠는가. 교실로 들어가자 학생들이 박수로 맞이했다. "선생님 만세" 하고 외치는 놈도 두세 명 있다. 인기가 오른 건지 사람을 놀리는 건지 알 수가 없다. 나와 산골바람이 이렇게 관심의 대상이 된 가운데 빨간 셔츠만 평소처럼 옆으로 다가와서는 반쯤 사과하듯이 말했다.

"이 무슨 벼락봉변이란 말입니까. 저는 두 분이 안쓰러워서 견딜 수가 없군요. 신문 기사는 교장 선생님과 상의해서 정정하게끔 조처하였으니 염려하지 않으셔도 됩니다. 제 동생이 홋타 선생에게 같이 가자고 권하러 가는 바람에 이런 일이 생겼으니 정말 미안하게 됐군요. 그리고 이번 일에 대해서는 끝까지 도울 생각이니 아무쪼록 언짢게 생각하지 마세요."

3교시쯤 교장실에서 나온 교장은 "난처한 기사가 신문에 실렸더군요. 일이 복잡해지지 않아야 할 텐데요" 하고 조금 걱정하는 투로 말했다. 나는 걱정 따위 하지 않는다. 학교에서 면직시키겠다면 내가 먼저 사표를 낼 뿐이다. 하지만 잘못하지도 않았는데 내가 먼저 물러나는 것은 허풍쟁이 신문사를 더욱 버릇 나쁘게 만드는 꼴이니 신문사에 기사를 정정하게 만들고 나는 오기로라도 계속 근무하는 것이 마땅하다고 생각했다. 귀갓길에 신문사로 가 담판을 지을까도 생각했지만, 학교에서 조처했다고 해서 단념했다.

나와 산골바람은 적당한 때를 노려 거짓 없이 사건의 자초지종을 교장과 교감에게 설명했다. 교장과 교감은 "그렇겠지요. 신문사 측이 학교에 앙심을 품고 그런 기사를 일부러 쓴 게지요" 하고 결론을 내렸다. 빨간 셔츠는 교무실에 있는 선생 한 명 한 명에게 우리 행위를 해명하면서 돌아다녔다. 특히 자기 동생이 산골바람에게 같이 가자고 권한 일을 본인 잘못인 것처럼 떠들어댔다. 선생들 모두 전적으로 신문사가 나쁘다, 괘씸하다, 두 선생은 정말이지 큰 봉변을 당했다고 말했다.

귀갓길에 산골바람은 "자네, 빨간 셔츠는 아무래도 수상한 냄새가 나. 조심하지 않으면 큰코다칠 거야" 하고 경고했다. "원래 냄새가 났어. 하루 이틀 냄새가 난 것도 아니잖나" 하고 말했더니 "자네, 아직도 모르겠나? 어제 우리를 일부러 불러내 싸움에 말려들게 한 건 빨간 셔츠의 계략이네" 하고 일러주었다. 과연, 나는 거기까지는 생각하지 못했다. 산골바람은 난폭해 보여도 나보다 지혜로운 남자라고 감탄했다.

"그렇게 싸움을 붙여놓고 곧장 신문사에 손을 써서 그런 기사를 쓰게 한 거지. 정말이지 간사한 놈이야."

"신문 기사도 빨간 셔츠 짓이라니, 정말 놀랍군. 그런데 신문사가 빨간 셔츠의 말을 그리 선뜻 들어줬을까?"

"안 들어줄 것 같나? 신문사에 친구가 있으면 간단한 일이지."

"친구가 있는가?"

"없어도 간단하네. 사실은 이렇고 저렇다고 거짓말로 얘기해도 바로 쓰니까."

"끔찍하군. 정말로 빨간 셔츠의 계략이라면 우리는 이번 사건으로 면직될지도 모르겠군."

"어쩌면 그렇게 될지도 모르지."

"그렇다면 나는 내일 사표를 내고 당장 도쿄로 돌아가겠네. 이런 머저리가 득실득실한 곳에는 있어달라고 애원해도 더는 있기 싫네."

"자네가 사표를 낸다 한들 빨간 셔츠는 눈 하나 깜짝 안 할 걸세."

"그것도 그렇군. 어떻게 해야 꼼짝달싹 못 하게 만들 수 있을까?"

"그런 간사한 놈은 한 톨의 증거도 남지 않게끔 머리를 쓰고 또 쓰니까 반박하는 게 참 어렵네."

"골머리 빠지겠군. 그렇다면 누명을 쓰게 된단 말인가. 웃음도 안 나오네. 하늘도 참 비정하구먼."

"뭐, 이삼일 정도 어떻게 돌아가는지 지켜보자고. 그러다 정 안 되겠다 싶으면 그때는 온천 마을에서 현장을 덮칠 수밖에 없어."

"눈에는 눈, 싸움에는 싸움이라는 건가?"

"그렇지. 우리는 우리대로 상대의 급소를 찌르는 거네."

"그것도 좋겠군. 나는 책략을 세우는 게 서투니 자네에게 만사 맡기겠네. 필요하면 뭐든 다 할 테니."

나와 산골바람은 이 말을 끝으로 헤어졌다. 산골바람의 추측대로 정말 빨간 셔츠가 꾸민 짓이라면 아주 지독한 놈이다. 도저히 수싸움으로는 이길 수 없는 놈이다. 아무래도 완력을 써야만 할 것 같다. 이래서 세상은 전쟁이 끊이지 않는 모양이다. 개인과 개인도 결국 완력이다.

이튿날 신문이 오기를 오매불망 기다렸다 펼쳤더니 정정은 고사하고 취소 기사도 보이지 않았다. 학교에 가서 너구리를 채근했더니 내일쯤 나오겠지요, 하고 말한다. 다음 날이 되자 깨알 같은 글씨로 짤막한 취소 기사가 실렸다. 그러나 신문사 측에서 정정 기사는 싣지 않았다. 다시 교장을 찾아가 다그치자, 그 이상의 조치는 취할 수 없다고 답했다. 교장은 너구리 같은 얼굴로 프록코트를 떨쳐입고 점잔을 부리지만 의외로 무력하다. 허위 기사를 실은 시골 신문사에 사과 하나 제대로 받아내지 못

한다. 울화통이 터져서 "그럼 저 혼자 가서 주필과 담판을 짓겠습니다" 하고 말했더니 "그건 안 됩니다. 선생님이 담판을 지으러 가면 또 나쁜 기사를 쓸 겁니다. 요컨대 신문에 실린 기사가 거짓이든 사실이든 무엇이 됐든 손쓸 도리가 없다는 뜻이지요. 포기하는 수밖에 달리 방법이 없습니다" 하고 스님이 설법하는 투로 타일렀다. 신문이 그런 거라면 하루라도 빨리 없애버리는 편이 모두에게 이로울 것이다. 신문에 실리는 것이 자라에게 물리는 것과 같다는 사실을 오늘 이 자리에서 너구리의 설교를 듣고 비로소 깨달았다.

그로부터 사흘쯤 지난 어느 오후, 산골바람이 씩씩거리며 오더니 "드디어 때가 되었네. 나는 지난번 계획을 단행할 생각이네" 하고 말하기에 "그렇군. 그럼 나도 함께함세" 하고 그 자리에서 합류하겠다고 했다. 그런데 산골바람이 자네는 가만있는 게 좋겠다며 고개를 저었다. 이유를 물었더니 "교장이 자네에게는 사표를 내라고 하던가?" 하고 묻기에 "아니, 그 말은 없었네. 자네는?" 하고 되물었다.

"오늘 교장실에 불려 갔는데 정말 안타깝지만 사정상 어쩔 수 없으니 사표를 제출해달라는 말을 들었네."

"그런 법이 어디 있나. 분명 너구리가 배를 너무 두드리는 바람에 위의 위치가 바뀐 모양인가 보군. 자네와 나는 함께 축하 공연에 가서 고치의 번쩍번쩍 칼춤도 보고 말이지, 함께 싸움을 말리러 가지 않았나. 사표를 내라고 할 거면 공평하게 우리 둘 모두에게 내라고 해야지. 어째서 시골 학교는 그런 이치를 모른단 말인가. 정말 답답하군."

"그게 다 빨간 셔츠의 권모술수일세. 나와 빨간 셔츠는 지금까지의 일을 봐도 도저히 같이 있을 수 없는 앙숙지간이지만, 자네는 이대로 놔둬도 별로 손해 볼 게 없다고 생각한 모양이야."

"나라고 빨간 셔츠와 잘 지낼 수 있을 것 같나? 손해 볼 게 없다고 생각하다니, 건방진 놈."

"자네는 너무 단순하니까 그냥 둬도 어떻게든 속여먹을 수 있다고 생각했겠지."

"그럼 더 나쁘지. 누가 옆에 있어 줄까 보냐."

"더군다나 지난번에 고가 선생이 떠나고 아직 후임이 사고 때문에 못 오고 있지 않나. 그런 와중에 자네와 나를 한꺼번에 내쫓았다가는 학생들 시간표가 빵빵 빌 테니 수업에 지장이 생기거든."

"그럼 나를 시간표 구멍을 막기 위한 땜빵으로 쓸 요량이군. 제기랄. 누가 그 수작에 넘어갈 줄 알고?"

다음 날 나는 학교에 출근하고는 교장실로 들어가 따지기 시작했다.

"어째서 저에게 사표를 내라고 하지 않습니까?"

"네에?"

너구리는 어리둥절한 얼굴이었다.

“홋타 선생한테는 내라고 하고 저한테는 내지 않아도 된다니, 그런 법이 어디 있습니까?”

“그건 학교 측 사정으로…….”

“그 사정이 틀려먹었다는 겁니다. 제가 내지 않아도 된다면 홋타 선생 역시 낼 필요가 없는 것 아닙니까?”

“그 부분은 설명하기 곤란합니다. 홋타 선생이 떠나는 거야 어쩔 수 없지만 선생님은 사표를 내야 할 명분이 없습니다.”

과연 너구리다. 새삼스러운 소리나 늘어놓으면서 퍽이나 차분하다. 나는 어쩔 수 없어 이렇게 말했다.

“그렇다면 저도 사표를 내겠습니다. 홋타 선생 혼자 사직하는 걸 팔짱만 끼고 쳐다볼 거라고 생각하셨는지 모르겠습니다만, 저는 그런 몰인정한 짓은 할 수 없습니다.”

“그건 곤란합니다. 홋타 선생도 그만두고 선생님도 그만둔다면 수학 수업은 아무도 할 사람이 없습니다…….”

“할 사람이 있든 없든 제 알 바 아닙니다.”

“선생님, 그렇게 제멋대로 말하면 되겠습니까. 조금은 학교 사정도 헤아려주셔야지요. 게다가 선생님이 온 지 한 달이 될까 말까 한데 사직했다고 하면 선생님 이력에도 좋지 않을 테니 그 점도 고려하는 게 좋을 겁니다.”

“이력 따위 상관없습니다. 이력보다 의리가 중요합니다.”

"그야 그렇지요. 선생님이 하는 말은 한마디 한마디 다 지당하지만, 제가 하는 말도 좀 헤아려주시지요. 선생님이 한사코 사직하겠다면 그래도 좋으니 후임이 구해질 때까지는 어떻게든 있어주었으면 합니다. 아무튼 집에서 다시 한번 생각해보세요."

다시 한번 생각하고 말 것도 없는 명명백백한 이유가 있었지만, 너구리가 붉으락푸르락하는 게 안쓰럽다는 생각에 일단 다시 생각해보기로 하고 교장실을 나왔다. 빨간 셔츠와는 말도 섞지 않았다. 어차피 혼내줄 거라면 싸잡아서 제대로 혼쭐을 내주는 게 좋다.

산골바람에게 너구리와 담판을 벌인 이야기를 했더니 그럴 줄 알았다며 사표는 나중에 내도 문제없으니 일단 그냥 있어보라고 해서 산골바람의 말처럼 하기로 했다. 아무래도 산골바람이 나보다 똑똑한 것 같아 매사 산골바람의 충고를 따르기로 한 것이다.

산골바람은 결국 사표를 내고 교직원 일동에게 작별 인사를 한 후 바닷가 미나토 여관까지 갔다가 아무도 모르게 되돌아와서는 마스 여관방 중에서도 거리가 내다보이는 2층 방으로 숨어들어 장지문에 구멍을 뚫고 밖을 엿보기 시작했다. 이 사실을 아는 사람은 나뿐이다. 빨간 셔츠가 남몰래 숨어든다면 분명 밤일 것이다. 그것도 초저녁은 학생이나 다른 사람들 눈도 있으니 적어도 아홉 시는 넘어야 할 것이다. 처음 이틀 밤은 나도 열한 시 무렵까지 잠복했으나 빨간 셔츠의 셔츠 자락도 보이지 않았다. 사흘째는 아홉 시부터 열 시 반까지 지켜봤는데 이번에도 헛수고였다. 허탕을 치고 깜깜한 밤길에 하숙집으로 돌아가는 것처럼 허탈해지는 일도 없다. 사오일이 지나자 하숙집 할머니가 걱정되었는지 "색시도 있다캄시로 밤마다 싸돌아다니는 건 고마하는 기 안 좋겠십니꺼, 아따" 하고 충고했다. 그런 밤마실이랑 이 밤마실은 전혀 다르다. 이건 하늘을 대신해 천벌을 내리기 위한 밤마실이다. 하지만 꼬박 일주일이나 출근 도장을 찍었는데 아무런 조짐도 보이지 않으니 점점 지쳤다. 나는 성질이 급해서 열중하면 하룻밤을 지새우더라도 끝까지 해내는 편이지만 그 대신 무슨 일이든 끈덕지게 이어가지 못한다. 아무리 하늘을 대신해 천벌을 내리는 일이라고 해도 싫증이 나는 것은 마찬가지였다. 여섯째 날에는 약간 귀찮아졌고 이레째는 이제 관둬버리고 싶은 생각까지 들었다. 하지만 산골바람은 끄떡없었다. 초저녁부터 자정이 지날 때까지 눈을 장지에 대고 가도 여관의 둥근 등피 속 불이 비추는 아래를 지켜보았다. 내가 가면 "오늘은 손님 몇 명이 왔는데 숙박은 몇 명, 여자가 몇 명" 하고 여러 통계를 알려주는 대목에서는 놀라울 따름이었다. 아무래도 안 올 것 같다고 내가 말하면 "음, 분명 올 텐데" 하고 때때로 팔짱을 끼고 한숨을 내쉬었다. 안쓰럽게도 빨간 셔츠가 이곳에 한 번이라도 와주지 않는다면 산골바람은 평생 하늘을 대신해 천벌을 내릴 수 없다.

여드레째 되는 날, 일곱 시쯤 하숙집을 나와 우선 느긋하게 온천을 즐긴 후 마을에서 날달걀 여덟 개를 샀다. 이것은 하숙집 할머니가 펼치는 고구마 공세를 방어하기 위한 대책이다. 좌우 소매에 달걀을 네 개씩 넣고 빨간 수건을 어깨에 걸친 채, 손은 품속에서 팔짱을 끼고 마스 여관의 사다리 모양 계단을 올라가 산골바람이 묵고 있는 방 장지문을 열었다.

"이봐, 희망이 보여, 희망이."

위타천 같은 얼굴에 화색이 돌기 시작했다. 어젯밤까지만 해도 울적해하는 통에 옆에서 지켜봐왔던 나조차도 불쾌하게 느껴질 정도였기 때문에 밝아진 그 얼굴을 보자마자 나도 덩달아 기뻐져서 다른 말을 듣기도 전에 "유쾌, 통쾌!" 하고 외쳤다.

"오늘 저녁 일곱 시 반쯤에 고스즈라는 게이샤가 가도 여관에 들어갔어."

"빨간 셔츠와 함께 말인가?"

"아니."

"그럼 소용없잖나."

"게이샤는 두 명이었는데, 아무래도 희망이 보여."

"어째서?"

"어째서라니, 그 자식이 웬만큼 교활해야지. 게이샤를 먼저 보내놓고 나중에 슬며시 올지도 모르잖나."

"그럴지도 모르겠군. 아홉 시쯤 됐지?"

"지금 아홉 시 십이 분일세."

허리춤에서 니켈 시계를 꺼내며 말했다.

"이봐, 램프를 끄게. 장지문에 까까중머리 두 개가 비치면 의심을 살 테니까. 여우는 의심이 많은 법이거든."

나는 옻칠한 경상 위에 놓여 있던 램프 불을 후, 불어서 껐다. 별빛이 닿는 장지문만 조금 환했다. 달은 아직 뜨지 않았다. 나와 산골바람은 최대한 장지문에 얼굴을 바짝 대고 숨을 죽이고 있었다. 댕, 하고 아홉 시 반을 알리는 괘종시계 소리가 퍼졌다.

"이봐, 과연 올까? 오늘 밤에도 오지 않으면 난 더는 힘들 것 같아."

"나는 돈이 있는 한 끝까지 할 거네."

"돈은 얼마나 있나?"

"오늘까지 여드레 치 오 엔 육십 전을 냈어. 언제든 뛰쳐나갈 수 있게끔 매일 밤 계산을 해두고 있지."

"준비성 한번 철저하군. 여관에서 놀라지 않던가?"

"여관이야 방세가 밀리지 않으니 좋겠지만, 방심할 수 없으니 나만 죽어나는군."

"그 대신 낮잠은 자겠지?"

"낮잠이야 자는데 외출을 할 수 없으니 갑갑해 죽을 것 같아."

"하늘을 대신해 천벌을 내리는 일도 여간 힘든 일이 아니군.

하늘의 그물망은 넓고 성글다던데 악한 자를 못 걸러내거나 자칫 새어나가기라도 한다면 정말이지 김이 샐 것 같군."(노자의《도덕경》에 나오는 말인 '하늘의 그물망은 넓어 성글어 엉성한 것 같으나 반드시 새지 않고 악한 자를 걸러낸다는 구절, 天網恢恢천망회회 疎而不漏소이불루'를 인용했다-역주)

"약한 소리 말게. 오늘 밤에는 반드시 올 테니. 이보게, 저길 봐봐" 하고 숨죽인 소리로 속삭였기 때문에 나도 모르게 가슴이 철렁 내려앉았다. 까만 모자를 쓴 남자가 가도 여관의 가스등을 아래에서 올려다보더니 이내 어둠 속으로 사라졌다. 빨간 셔츠가 아니다. 낙심했다. 그러는 사이 계산대 시계가 무정하게도 열 시를 알리는 종을 울렸다. 오늘 밤도 결국 빈손으로 돌아갈 모양이다.

온 동네가 조용해졌다. 유곽에서 울리는 북소리가 손에 잡힐 듯 들려온다. 온천 마을 뒷산 너머로 달이 불쑥 얼굴을 내밀었다. 거리가 환하다. 그때 아래쪽에서 일행들의 목소리가 들려오기 시작했다. 창으로 얼굴을 내밀 수도 없는 노릇이라 누구인지 알 수는 없었지만 점점 다가오는 것 같다. 딸그락딸그락 왜나막신 끄는 소리가 났다. 눈을 대각선으로 하자 간신히 두 사람 그림자가 보일 정도로 가까워졌다.

"이제 다 끝났습니다. 골칫덩어리는 죄다 내쫓았으니까요."

바로 따리꾼 목소리였다.

"무작정 힘만 휘두를 줄 알고 치밀하게 생각할 줄을 모르니 그래서야 쓰나."

이건 빨간 셔츠다.

"그 사내놈도 도쿄 꺼벙이랑 닮았어요. 그래도 도쿄 꺼벙이는 정의 구현 도련님이라 귀여운 구석은 있지만요."

"월급 인상도 싫다는 둥, 사표를 내고 싶다는 둥, 아무래도 정신이 이상한 게 틀림없어."

나는 창문을 열고 2층에서 뛰어내려 한껏 패주고 싶은 마음을 가까스로 억눌렀다. 두 사람은 하하하하, 웃으며 가스등 아래를 지나서 가도 여관 안으로 들어갔다.

"이봐."

"이봐."

"왔네."

"드디어 왔어."

"이제야 겨우 마음이 놓이는군."

"빌어먹을 따리꾼 자식, 나를 정의 구현 도련님이라고 지껄이다니."

"골칫덩어리라는 건 날 두고 하는 말일 테지. 오만무례한 놈들."

나와 산골바람은 잠복하고 있다가 두 사람이 돌아가는 길에 공격해야 한다. 하지만 두 사람이 언제 나올지는 알 수 없다. 산골바람은 아래층으로 가서 오늘 밤 어쩌면 볼일이 생겨 잠깐 나갈지도 모르니 언제든 나갈 수 있게 해달라고 부탁해놓고 왔다. 지금 생각하면 여관에서 용케 승낙해주었다. 보통 도둑으로 오해할 수도 있는데 말이다.

빨간 셔츠가 나타나기를 기다리는 일도 고단했지만, 여관에서 나오기만을 묵묵히 기다리는 일은 더욱더 고단했다. 그렇다고 잠을 잘 수도 없고 시종 장지문 구멍에 눈을 대고 들여다보는 것도 고단했으며 옥죄는 마음이 도저히 진정되지 않았는데 이토록 힘겨운 경험은 태어나서 처음이었다. 차라리 가도 여관으로 쳐들어가 현장을 덮치자고 제안했으나 산골바람은 내 의견을 대번에 딱 잘라 거절했다. 우리가 이런 야심한 시간에 쳐들어가면 불한당으로 내몰려 도중에 가로막힐 거다. 사정을 설명하고 면회를 청하면 없다고 야단스럽게 손사래 치거나 다른 방으로 안내할 거다. 몰래 숨어든다 해도 수십 개나 되는 방을 도저히 알아낼 길이 없다. 지루해도 나오는 걸 기다리는 것 말고는 달리 뾰족한 수가 없다고 말해서 속수무책으로 새벽 다섯 시까지 견뎠다.

가도 여관에서 나오는 두 사람의 그림자를 보자마자 나와 산골바람은 곧장 뒤를 밟았다. 첫차가 오려면 아직 한참 동안 기다려야 하니 두 사람은 시내까지 걸어가야만 한다. 온천 마을을 벗어나면 100미터쯤 삼나무 가로수가 늘어서 있고 그 양쪽으로는 논이다. 그곳을 지나면 드문드문 초가지붕이 보이고 밭 한가운데를 가로질러서 마을까지 이어지는 한 줄기 제방이 나온다. 온천 마을만 벗어나면 어디서 따라잡든 상관없지만 되도록 인가가 없는 삼나무 가로수 길에서 붙잡을 생각으로 숨바꼭질하듯 뒤따라갔다. 머지않아 온천 마을을 벗어났을 때 잰걸음으로 질풍처럼 내뛰어 바짝 따라붙었다. 뭔가 싶어 깜짝 놀라 홱 돌아보는 놈을 향해 "거기 서라!" 소리치며 어깨를 덥석 움켜잡았다. 따리꾼은 당황한 기색으로 달아나려고 했지만 내가 그 앞을 막아섰다.

"교감이라는 자가 어째서 가도 여관을 찾아가 묵었는가?" 하고 산골바람은 곧장 따져 물었다.

"교감은 가도 여관에서 묵으면 안 된다는 규칙이라도 있습니까?" 하고 빨간 셔츠는 여전히 예의 바른 말투로 말했다. 얼굴빛은 약간 파르께하다.

"학생 지도에 도움이 안 된다며 메밀국숫집이나 경단 가게조차도 가지 못하게 할 정도로 근직하신 분이 어째서 게이샤와 함께 여관에 머물렀나?"

따리꾼이 틈을 노려 달아나려고 해서 바로 그 앞을 가로막고는 "정의 구현 도련님이라고 떠들어댔겠다?" 하고 쏘아붙였더니 "아니, 선생님을 두고 한 말이 아니었어요. 절대 아닙니다" 하고 뻔뻔한 낯짝으로 변명을 해댔다. 그제야 내가 두 손으로 소맷자락을 움켜쥐고 있다는 사실을 깨달았다. 뒤쫓을 때 소매 속 달

갈이 흔들흔들 움직여서 양손으로 꼭 잡고 온 것이다. 나는 얼른 소매 속에 손을 넣어 달걀 두 개를 꺼내 얏, 하고 소리치며 따리꾼 상판대기에 내던졌다. 달걀이 퍽 하고 깨지더니 따리꾼의 콧등을 타고 노른자가 주르륵 내리흘렀다. 따리꾼은 어지간히 놀랐는지 악, 하고 소리치며 엉덩방아를 찧고는 살려달라고 했다. 나는 달걀을 먹으려고 샀지 내던지려고 소매에 넣고 있던 것은 아니었다. 다만 너무 화가 난 나머지 그만 얼굴에 던지고 말았다. 하지만 따리꾼이 엉덩방아를 찧는 모습을 보자 비로소 이 행동이 효과가 있었음을 깨닫고 "이 썩을 놈, 이 썩을 놈" 하고 내뱉으면서 남아 있던 여섯 개를 손에 잡히는 대로 내던졌더니 따리꾼 얼굴이 온통 노래졌다.

내가 달걀을 던지는 동안에도 산골바람과 빨간 셔츠는 한창 말싸움했다.

"게이샤를 데리고 내가 여관에 묵었다는 증거가 있습니까?"

"초저녁에 네놈과 친한 게이샤가 가도 여관에 들어간 것을 보고 하는 말이다. 어쭙잖게 속일 생각 마라."

"속일 필요는 없지요. 저는 요시카와 선생과 둘이 묵었습니다. 게이샤가 초저녁에 들어갔든 말든 내 알 바 아닙니다."

"주둥이 닥치지 못해!" 하고 산골바람은 주먹을 날렸다. 빨간 셔츠는 휘청이는 발걸음을 하며 말했다.

"이건 폭력이고 행패일세. 잘잘못을 논하지도 않고 무턱대고 주먹질로 해결하려 들다니 천하의 무법자가 아니고 뭐겠는가?"

"무법자가 뭐 어때서" 하고 다시 퍽 한 방 날린다. "네놈같이 간사한 녀석은 맞아야 제대로 답을 하겠지" 하고 퍽퍽 연달아 주먹을 날렸다. 나도 동시에 따리꾼을 흠씬 두들겨 팼다. 결국 두 사람은 삼나무 밑동 언저리에 널브러져서는 몸을 가눌 수 없는지, 아니면 눈이 팽팽 도는지 줄행랑칠 생각도 하지 않았다.

"이제 충분한가? 충분하지 않다면 좀 더 패주지" 하고 퍽퍽 사정없이 팼더니 "이제 충분하네" 하고 말했다. 따리꾼에게 "네놈도 충분하냐?" 하고 물었더니 "물론 충분하지" 하고 대답했다.

"네놈들의 간사함이 하늘을 찔러 이렇게 천벌을 내리는 것이다. 이번 일을 계기로 앞으로 몸을 사리는 게 좋을 거야. 아무리 교묘한 말로 어르고 구슬려도 정의가 용서치 않을 테니까."

산골바람이 말하자 두 사람 모두 묵묵히 듣고만 있었다. 어쩌면 입을 여는 것조차 힘겨울지도 모른다.

"나는 달아나지도 숨지도 않을 것이다. 오늘 저녁 다섯 시까지는 부둣가 쪽 미나토 여관에 있을 테니 볼일이 있거든 순경이든 누구든 얼마든지 보내보시지."

산골바람이 말하기에 나도 "나 또한 달아나지도 숨지도 않을 거다. 홋타와 같은 곳에서 기다리고 있을 테니 경찰에 신고할 테면 얼마든지 하라고" 하고 말하고는 둘이서 저벅저벅 걷기 시작했다.

내가 하숙집으로 돌아온 것은 일곱 시가 되기 조금 전이었다. 방에 들어가자마자 짐을 싸기 시작했더니 할머니가 놀라서는 "무슨 일이라예, 아따" 하고 물었다. "할머니, 도쿄에 가서 색시를 데려오려고요" 하고 대답한 후 하숙비를 치르고는 그 길로 기차를 타고 부둣가에서 내려 미나토 여관에 도착했더니 산골바람은 2층에서 자고 있었다. 나는 당장 사표를 쓰려고 종이를 펼쳤으나 어떻게 써야 할지 몰라서 이렇게 썼다.

'일신상의 이유로 사직하고 도쿄로 돌아가고자 하오니 이를 승낙해주시길 바랍니다. 이상.'

그러고는 교장 앞으로 우편을 보냈다.

증기선은 저녁 여섯 시에 출항한다. 산골바람도 나도 완전히 진이 빠져 드렁드렁 정신없이 잠을 자다가 눈을 떴더니 오후 두 시였다. 하녀에게 순경은 안 왔냐고 물었더니 오지 않았다고 대답했다.

"빨간 셔츠도 따리꾼도 신고하지 않은 모양이군."

둘이서 한차례 폭소를 터뜨렸다.

그날 밤, 나와 산골바람은 이 부정한 땅을 떠났다. 배가 물기슭에서 멀어지면 멀어질수록 마음이 가뿐해졌다. 고베에서 도쿄까지는 직행이었기 때문에 신바시에 도착했을 때 비로소 인간 세계로 나온 듯한 기분을 느꼈다. 산골바람과는 이때 곧바로 헤어졌는데 지금까지 만날 기회가 없었다.

기요에 대해 말하는 것을 잊고 있었다. 도쿄에 도착한 후 하숙집에도 들르지 않고 가방을 든 채 "기요, 다녀왔어" 하고 뛰어 들어갔더니 "아이고머니나 도련님, 빨리 돌아와주셨네요. 잘하셨어요" 하면서 굵은 눈물을 방울방울 떨어뜨렸다. 나도 너무 기뻤기 때문에 "이제 시골에는 안 가. 도쿄에 집을 마련해서 기요랑 살 거야"라고 말했다.

그 후 아는 사람의 주선으로 도쿄시 철도회사의 기수가 되었다. 월급은 25엔이고 집세는 6엔이다. 현관이 달린 집이 아니었지만, 기요는 무척 만족해했다. 하지만 가엾게도 올 이월에 폐렴에 걸려 세상을 뜨고 말았다. 죽기 전날 나를 부르더니 말했다.

"도련님, 간곡한 청이 하나 있는데 기요가 죽거든 도련님네 묘가 있는 절에 묻어주세요. 무덤 속에서 도련님이 오기를 고대하며 기다리고 있겠어요."

그래서 기요 무덤은 고비나타의 요겐지라는 절에 있다.

작가 연보

1867년 2월 9일, 에도 우시고메 바바시모요코초(현재의 도쿄 신주쿠)에서 아버지 나쓰메 나오카쓰와 어머니 나쓰메 지에의 5남 3녀 중 막내로 태어나다(본명은 나쓰메 긴노스케).

1868년 신주쿠의 명주 시오바라 쇼노스케의 양자로 입양되다.

1874년 아사쿠사 도다 소학교(제8급)에 입학하다.

1876년 이치가야 소학교로 전학 가다.

1878년 이치가야 소학교 졸업, 긴카 학교 소학심상과로 전학하고 졸업하다.

1879년 도쿄 부립 제일중학교에 입학하다.

1881년 생모 나쓰메 지에가 사망하다. 제일중학교를 중퇴하고, 한학 공부를 위해 사립 니쇼 학사에 입학하다.

1883년 도쿄 대학 예비문(제일고등중학교) 입시를 위해 간다 스루가대의 세이리츠 학사에 입학하다.

1884년 도쿄 대학 예비문 예과에 입학하다.

1886년 복막염 때문에 낙제하다(이를 계기로 졸업할 때까지 수석을 놓치지 않는다). 에토 의숙의 교사가 되고, 학원 기숙사로 이사하다.

1887년 첫째 형 다이스케와 둘째 형 에이노스케가 폐병으로 연달아 사망한 가운데, 과민성 결막염을 앓고 집으로 돌아가다.

1888년 시오바라 가문에서 복적, 원래 성인 나쓰메로 돌아가다. 제일고등중학교 예과를 졸업하고, 영문학을 전공하고자 본과에 입학하다.

1889년 근대 하이쿠문학의 대가 마사오카 시키와 친교를 맺다. 시키의 문집《칠초집》을 비평하고, 이때부터 필명 '소세키'를 사용하다.

1890년 제일고등중학교 본과를 졸업하고 도쿄제국대학 문과대 영문과에 입학하다. 탁월한 성적으로 문부성의 장학생이 되다.

1891년 월등한 성적으로 특대생이 되다. 가마쿠라 시대의 수필《방장기》를 영역하다.

1892년 징병을 피하고자 홋카이도로 본적을 옮기다. 동경전문학교(현 와세다대학) 강사가 되다.

1893년 도쿄제국대학을 졸업하고, 대학원에 입학하다. 고등사범학교(훗날 동경고등사범학교)의 영어 교사가 되다.

1894년 폐결핵 초기 진단을 받고 요양에 힘쓰다.

1895년 마츠야마 중학교 교사가 되다(이때의 경험은《도련님》의 소재가 된다). 귀족원 서기관장 나카네 시게카즈의 장녀 나카네 교코와 맞선을 보고 약혼하다.

1896년 쿠마모토현의 제5고등학교 강사가 되다. 나카네 교코와 결혼하고, 교수로 진급하다.

1897년 친부 나쓰메 나오카쓰가 사망하다.

1900년 문부성 지원으로 영국 유학길에 오르고, 도중에 파리 엑스포를 방문하다.

1903년 귀국 후 제일고등학교 강사와 도쿄제국대학 문과대 영문과 강사를 겸임하다.

1905년 하이쿠 잡지 〈두견새〉에《나는 고양이로소이다》를 발표, 연재를 시작하다. 단편소설 〈런던탑〉, 〈칼라일 박물관〉, 〈환영의 방패〉 등을 발표하다.

1906년 하이쿠 잡지 〈두견새〉에 《도련님》을, 잡지 〈신소설〉에 《풀베개》를 발표하다.

1907년 하이쿠 잡지 〈두견새〉에 《태풍》을 발표하다. 모든 교직을 관두고 〈아사히신문〉에 입사, 전업 작가의 길을 걷다. 《우미인초》를 〈아사히신문〉에 연재하다.

1908년 《갱부》, 《산시로》 등을 연재하다.

1909년 1월부터 3월까지 〈긴 봄날의 소품〉, 《그 후》 등의 작품과 기행문 《만주 한국 이곳저곳》을 연재하다. 위경련에 시달리다.

1910년 소설 《문》을 연재하다. 위궤양 때문에 슈젠지 온천에서 요양하나, 각혈하고 한때 생사의 문턱으로 오가다. 이때 경험을 되살려 《생각나는 일들》을 집필하다.

1911년 문부성의 문학박사 학위 수여 결정을 외면하다. 위궤양이 재발하다.

1912년 《춘분 지날 때까지》, 《행인》을 연재하다.

1913년 신경쇠약과 위궤양이 극심해지다. 홋카이도에서 도쿄로 본적을 옮기다.

1914년 《마음》을 연재하다. 수필 '나의 개인주의'에 대하여 가쿠슈인 보인회에서 강연하다.

1915년 수필집 《유리문 안에서》, 소설 《한눈팔기》를 연재하다.

1916년 12월 9일, 위궤양 악화로 49세 나이에 생을 마감하다.

도련님

초판 1쇄 인쇄 2023년 11월 10일
초판 1쇄 발행 2023년 11월 17일

지은이 나쓰메 소세키
옮긴이 임지인
펴낸이 이효원
편집인 송승민
마케팅 추미경
디자인 문인순(표지), 이수정(본문)
펴낸곳 올리버
출판등록 제395-2022-000125호
주소 경기도 고양시 덕양구 삼송로 222, 101동 305호(삼송동, 현대헤리엇)
전화 02-381-7311 **팩스** 02-381-7312
전자우편 tcbook@naver.com

ISBN 979-11-93130-26-1 03830

이 책은 저작권법에 따라 보호받는 저작물이므로 무단전재와 무단 복제를 금지하며, 이 책의 전부 또는 일부를 이용하려면 반드시 도서출판 올리버의 동의를 받아야 합니다.

* 값은 뒤표지에 있습니다.
* 잘못된 책은 구입하신 서점에서 바꾸어 드립니다.

* 도서출판 올리버는 탐나는책의 교양서 브랜드입니다.